JN034030

ブラック・ノート抄

中村邦生

ブラック・ノート抄

水声社

目次

0 ブラック・ノートについて

　黒表紙のノートの詰まった段ボール箱を久しぶりに開き，溜息がひとつもれた。

　どこから整理を進めたらいいのか，好奇心と億劫（おっくう）な気分が交錯している。

　写真家の笠間保（かさままもつ）が南米のパタゴニアから消息を伝えてきて，およそ5か月になるだろうか。世界最南端の町ウスアイアの消印の入った小包だったが，船便で日数がかかっているせいか，荷物はうっすら潮の香を含んでいる気がした。

　送られてきたのは，36冊のノートブックだった。表紙にあるのは番号だけで，タイトルはついていない。モレスキンの黒い表紙の分厚いB5ノートであることは共通しているが，わざわざリング綴じに加工した1冊や，赤のガムテープで背を補修してあるものも混じっていた。

　さらに2か月後，沖縄の那覇から追加の荷物が送られてきた。同じモレスキンの黒表紙のノートが4冊だった。

　とりたてて親しい付き合いのあった人物というわけではない。そもそも私宛に荷物が送られてきた理由も判然とせず，気色悪い気分すらあって，いったんは2箱とも梱包をほどいたが，手紙らしいものも見当たらないので，しばらく放置してきた。いずれも半透明のビニールテープでぐるぐる巻きの念入りな荷造りがしてあり，それがむしろ雑に見えて，廃物の風体だったせいが大きい。さらに最初のアルゼンチンからの小包が，新型コロナウイルスの蔓延（まんえん）で引受停止になっているはずなのに，なぜ

11

か届いたという不可解な事情もあった。船便のゆるやかで，のんきな対応も微笑ましいと言えないこともないが，しばらく放置して滅菌を待つ気分が働いていた。

　日数がたち，古雑誌を片付けていると，奥にひっそりと置きっぱなしの段ボール箱の処理が気になりだした。ウスアイアの箱からおおまかに目を通すと，創作ノートであることが判り，1冊目の表紙の裏に手紙も挟まれていた。Hotel Albatros と印字のある便箋8枚にボールペンで記してある。

　　こちらは夏です，といっても毎日うんざりするほど寒風が吹き続けていますけど。南極ツアーに出かけたいと思って待機しているのですが，何日もずっと気象条件が悪く，そろそろあきらめかけています。本当に行きたいのかどうかも，わからない気分になってきました。この先どこに向かうか，決めていませんが，日本には当分のあいだ戻らないでしょう。もっとも，その日，その時，どこにいるかは，自分でも予測できません。とにかく意地を張って，しかし何のための意地かあいまいのまま，無理やり動き回っている感じがあります。パタゴニアに来たのも，サン゠テグジュペリとブルース・チャトウィンの本をお借りしたことがきっかけですが，それだって漠然としたものです。
　　ノートの束，どっさり送ってしまいましたが，さぞかし驚いたことでしょう。おじゃまになることは承知のうえです。他の誰にでもなく，たくさんの本を貸してくださった大兄に，ぜひお読みいただきたいのです。面白がってくださるか，それとも「たわいない」と捨て置くか。どちらにせよ，妙な言い方ですが，ほどほどに穏当なとまどいがあ

るかもしれません。

　なぜこんなものを書いたのか，立派な理由などまったくありません。振り返って考えると，大兄の書庫から自由に本をお借りできたことが大きなきっかけです。

　もともと読書好きで，いつも何か読んでいないと活字への飢餓感がつのります。そうなると手当たり次第に，薬の効能書きでもコンビニのおにぎりの食品添加物一覧でも，丹念に目を通そうとします。

　父は埼玉のピーマン農家，母は中学校の国語教師でしたが，両親とも読書好きだったことも影響があるかもしれません。私は大学では哲学，それも地味なイギリス思想を専攻したのですが，ほとんど授業には出ず，気ままな雑読乱読だけで研究書など無縁でした。結局，単位は取れず，5年いて退学しました。写真学校に入ったのは，その1年あとです。カルチャー教室の創作のクラスにも通いました。こちらは私の文が悪例として紹介されるばかりでした。でも，自分で言うのも変ですが，けっこうそうした悪い見本になるのを楽しんでいました。

　とにかく，本をあれこれ読むことほど，思いを掘り起こし，記憶を誘い出し，想像を刺激するといったような心の弾みを実感する体験はありません。そしてもっと深く読むにはどうしたらいいか。それは書こうと試みているときではないでしょうか。あまりうまく説明できないのですが，書くことは未知の何かを読んでいる感覚に近いのです。眠っていた記憶も，書こうとするとふいに浮かび上がったりして，それを読もうとします。書くという方法で初めて読めるものがある気さえします。

あえて言えば，読むことと書くことが，等質の気分として自分の中に住みつき，ちょっと，おおげさですが，習い性になったのでしょうか。さらに，この二つを続けるのに，旅こそふさわしいという事実を知ったのも，あの日に大兄にお会いしてからなのです。

　ノートの雑文，乱雑な走り書きで申し訳ありませんが，読んでいただければ嬉しいです。もちろん，どのように読んでいただいてもかまいません。ただ，すぐに気づかれるでしょうが，ここには今日の困難な状況の深層に触れる話がたくさんあり，グローバルな危機と不安と分断の時代の表徴として，あたかもアンテナショップのように，時代の動向をキャッチするセンサーの役割をはたしている——などと，まさか言うはずもなければ，言えるはずもありません。こうした言い方を書きつけるだけで，ひどく居心地の悪い，何とも卑しい気分になってきます。日頃の大兄のお考え次第とはいえ，こうした私の気持ちを頭の隅に留めておいていただければありがたいです。

　とにかくどうあっても，目を通した後はご面倒をかけますが，速やかに廃棄処分してください。特別な秘密などないのですが，それでも処分をお願いします——と，カフカではあるまいし，重々しく遺志を伝えることなどもしません。はっきり言って，どのように処理してほしいか，要望などまったくないのです。もちろん，廃棄していただいても一向にかまいません。いや，わざわざ処分などしなくても，ノートみずから勝手にどこかへ消え去るかもしれない。あれこれ何だかわけのわからないことを述べているようですね。やっかいごとを押しつけてしまい，申し訳なく思い

ます。お手数をかけますが，よろしくお願い致します。で
は，どうか，お元気でお過ごしください。長文になりまし
た。妄言多謝。

笠間保拝

　手紙はノートと同じく，細かな字で，判読するのに苦労する
箇所も多々あった。那覇からの小包も点検したが，「追加のノー
トです」と記した紙片があるだけで，手紙らしきものはなかった。
　ノートの内容は雑記帳と言ってよく，完成しているのか未完
成のままなのか，にわかに判断のつかない小説めいた文，評論，
随想，身辺雑記，アフォリズム，引用文，メモ類が混在してい
た。これらの文章群を読むのは思いのほか面倒だが，まるで誘
引物質でも吸うように，そわそわと落ち着きなく心動き，ひき
つけられてしまった。最初のノートの冒頭に，次のような言葉
が記してあり，思わず笑いが漏れてしまったことが，誘いの発
端となった。

　　　　私は嘘つきやフェイカーが大嫌いだ。この連中は何かに
　　　つけてお気軽に嘘を繰りかえすことによって，ときに厳か
　　　なほど尊く，丁寧に敬意をもって遇すべき〈フィクション
　　　＝虚構・作りごと〉を愚弄しているからだ。

　どこかで読んだような気もする文だが，嘘つきはフィクショ
ンを愚弄しているのだという断言に共感をおぼえた。
　いずれにせよ，これらブラック・ノートの文章群を未完とか
出来の良し悪しとかに関係なく，作品として扱っていきたい。
どのような掌篇や断章でも，読んで何らかの感情を揺らし，思

15

念の振幅を促すものが，私にとっての作品である。

　はたして笠間保とは何者なのか？　実は，私自身よく判って
はいない。親のことも，哲学専攻で大学を中退したことも，手
紙を読んではじめて知った。最初の出会いは，5年前，京王井
の頭線の浜田山駅近くの不動産屋だった。
　彼は親の農地売却の遺産で買った中古の利殖用マンションの
管理委託の更新手続きをしている最中で，私は自宅にあふれた
本を保管する賃貸物件の相談で店に立ち寄った。たまたま近く
に居合わせた笠間は，私の所蔵する本に興味を示し，小声で話
しかけてきた。
「すいません，私，世田谷の上北沢に住んでいる笠間と申しま
すが，少しお聞きしたいことがあるんですけど，いいですか？」
「ええ，けっこうですが，何か？」
「あなたが，一番大切にしているのは，どんな本でしょう」
　と笠間は唐突に面接官のような口調で尋ねた。
「大切ですか？　いや，まあ，そのときどきで，変わりますけ
どね」と口ごもりながら答え，「強いて言えば，いつだってい
ま読んでいる本が，一番大切です」と付け加えた。
　本当にそうだろうか。答えに怪しい気分が動いたが，いちい
ち正直に検討することでもなかった。
　すかさず笠間は「じゃ，いまは何を読んでいるんですか」と
聞いてきた。
「申し上げても，知らない本ですよ。『チェーホフの夜』とい
う，私の書いた小説ですから。必要があって，今朝から読んで
います」
「そうですか，本を書く方なんですね」と彼は短く応じた。

笠間は着古したこげ茶色の革ジャンパーを着ていて，話をしながら右手で襟元を直す癖があった。もみあげのあたりに白髪が目立つが，私よりも一回り若く，ちょうど還暦を過ぎたくらいの年齢に見えた。

「写真集は何かあります？」

「ええ，それなりに。一番愛読している写真集は何か，お聞きになりたいんでしょう？」

「そうです。でも，写真集だから，読んでいる本というわけじゃないですよね」

「いや，写真集だって，読むものだと思いますよ」

　笠間は笑いながらうなずき，メモを取る用意をした。

「『小屋の情景』という写真集です。山形の農家の物置小屋とか，隠岐島の漁師小屋とか，浜松の楽器工場の煉瓦の小屋とか，中古バスを資材置場にした長野の小屋とか，あざやかなオレンジ色に塗りこまれたスペインの鶏小屋とか……」

「いいですね，そういう本，大好きです。私もポルトガルの古ぼけた漁師の小屋の撮影経験があります。コナン・ドイルの『緋色の研究』がヒントになりました。私は写真の仕事をしている者ですが，〈錆色の研究〉とタイトルだけ真似をして，錆ついたドラム缶とか，トタン塀とか，鉄錆の浮いた扉とか，錆色の廃物ばかり写真を撮ったことがあるんです」

「で，写真集にまとめたとか？」

「いやいや，私の場合，そういうタイプの仕事とは違います。スーパーのチラシとか，飲食店のサンプル用の料理写真とか，映画のスチール写真とか，もっぱらそういったものを撮っています。で，ご相談があります」

　笠間はいったん席をはずしていた不動産手続きの担当者を呼

び寄せた。最初は途惑いの表情を浮かべていた若い社員は、事務的な態度を作り直し、笠間の指示に従った。

　笠間は 2LDK のマンションの 1 階空室を、書庫として私に半額の家賃で貸す提案をしてきた。代わりに、蔵書を図書館のように利用させてほしいというのだ。貸出用のノートも備えるという細かい約束まで口にした。

　こうした家主と店子の親密な関係が始まっても、笠間との直接的な交流はほとんどなく、書庫で顔を合わせることもなかった。貸出ノートを覗くと、律義に貸出日、返却日が書いてあったが、1 年もすると記載も気まぐれになった。貸したまま返ってこない本もあり、逆に返却記録がなくても、棚に戻っていることもあった。

　笠間との蔵書の貸借契約は、当初からやや気詰まりなところがあったが、借りていった本とブラック・ノートとの間に密かな関係のある今となっては、好奇心がじわりと動く。読んだ本はオレンジ色の付箋を残していたので、見つけやすかった。貼り方に縦と横の区別があったが、その区別の法則性はよくわからない。

　書庫の賃貸契約は 3 年ほど続いたが、ある日、不動産会社を通して打ち切りの連絡があった。当の 3 階建て 9 世帯のマンションは老朽化のため取り壊しの計画である、と。1 か月ほどかけて本の引っ越しを終えたときには、すでに笠間の所在はつかめなかった。契約解除の法的書類からして実に不可解なのだが、不動産屋にも旧住所の記録しかなく、行方不明も同然だった。私の蔵書は神田川沿いのアパートに移動した。住まいとは川をはさんだ真向かいの場所となり、使い勝手はよくなった。

　消息が掴めない程度のことで、遺稿などと呼んではいけないのであろうが、なぜ笠間は形見のように何冊もの創作ノートを

私に送ってきたのか。最初のノートの表紙裏に添えてあった書き付けに，短く理由らしきことが書いてはあったが，納得するほどのものではない。「ほどほどに穏当なとまどい」に何か意味が絡んでいるのだろうか。

　一瞥しただけで閉じてしまった段ボールの中を改めて覗いていくうちに，秘め事に触れるような後ろめたさと好奇心が入り混じって私に取り憑いた。「パンドラの箱」とまで言うのは大仰だし，そもそも災禍の元が飛び散るわけでもないだろう。しかし，勝手気ままに送りつけてきた意図が何であれ，想像の触角を伸ばす剥き出しの好奇心に我ながら驚いた。それでも期待したほどの内容ではないと判断すれば，あっさり廃棄を決めるかもしれない。もはや箱を開けた以上，とりあえずこの遭遇を僥倖と思うことにした。

　同時に，私にはとりたてて関心のなかった笠間保の生い立ちや私生活の様相を垣間見ることもあるだろう。その共鳴作用で私自身の未知の感情や眠っていた記憶が誘いだされる意想外の経験が待ち構えているかもしれない。

　笠間保のノートブックに残された雑記を含めた「作品」の紹介をこれから試みる。ただし，1冊目から順に追って調べていく研究調査を真似るような網羅的作業をするつもりはないし，その必要もないだろう。文献解題風に記すこともあれば，ごく簡単な紹介や感想とか，ただ引用文だけを写し取ることもある。いずれにせよ，その日の気分のおもむくまま，私自身の関心に応じたものになるだろう。笠間保にとっては，不本意な試みかもしれないが，いわばブラック・ノートの読書ノート化である。

ノートには日付がなく，表紙に（1）から（30）までの番号が入っていて，それ以降は記載がない。したがって，（31）から（36）は便宜的に私が番号を振った。各冊にはページ番号が入っているが，31冊目以降は書かないことが多く，これも私の方で書き入れた。沖縄から届いたノートは（1）から（4）と番号が付いているが，通読の都合上（37）から（40）と通しナンバーにした。当初の几帳面な小さな字も，こちらの4冊は走り書きに近く乱雑な筆記に変っている。内容面の変化はまだ判断がつかない。なお，ノートの各文にはルビはいっさいないが，紹介にあたっては適宜振った。

　導入文，全文引用または〈あらまし〉，そして〈寸感〉といった構成を主とするが，〈あらまし〉はなるべく書き手に憑依するようなスタイルで記した。その方が原文の手触りと余熱のようなものを感じられると思ったからだ。

1　「心中の声」に耳をすます
（40冊目，最終ページ）

　本を選ぶとき，しばしば「あとがき」を先に読んだりする習癖に似ているが，ブラック・ノートも，まず最終巻の最後のページを開いてみた。タイトルのないアフォリズム風の文章が載っている。

　　　作中人物もまた作品の外の物音に耳を澄ましているのだ。ある小説を読者が読み出すや否や，いやむしろ読むことによって初めて，登場人物は外部の音にめざめ，読者の声を

聞きとれるようになるのである。読者の心中の声すら聞こ
えるときもあるぐらいだ。

　出典は書いていないのだが，どこかの本からの引用のように
思う。おぼろげな記憶ではあるが，小説ではなかっただろうか。
先に述べたように，笠間は読んだ本の印象的な箇所にオレンジ
色の付箋を貼っている。見当をつけてその跡をたどったが，確
認できなかった。私の思い違いだったかもしれない。
　いずれにせよ，まず最終ページを覗くことを笠間が予期して
いたとすれば，どのような意図が働いていたのだろう。仮に何
か企みがあったにしても，私が当人に伝えなければ意味がない。
ましてや，読まずに廃棄する可能性だって想定できたはずだ。
　もしかしたら，私がこのようにブラック・ノートを読み，そ
の抄録を試みることを笠間は見通し，確信していたのだろうか。
実際，その通りの成り行きになったのだが。
　どこをどのように読むかまだ判らないが，登場人物が私の
「心中の声」に耳をすましているとなると，いささか不気味で，
文字通り心中は穏やかではない。しかし，笠間には申し訳ない
が，私が興味を感じて取り上げる文章は，そうそう簡単に私の
「心中の声」など聞き取れるはずはない類のものだと思う。だ
が，はたしてどうなのか。

2　破り捨てられた一枚
　（1冊目，21ページ。裏，22ページ）

　新聞がポストにさしはさまれる音で目が覚めた。朝刊ではな

く夕刊だ。ブラック・ノートを点検しているうちに徹夜となり，ブランチを終えると昼近くになった。

　自宅に朝夕届く新聞もアルコール消毒をしなくちゃいけない，とバスの中で誰かが話していた。そこまでの感染恐怖は，ほとんど錯乱に近い。インフルエンザの流行期だって，そんなことは考えもしない。とは言いつつ，図書館によっては返却された本を2週間隔離するところもあるというから，あながち過剰な警戒心とも言えないだろう。

　いま，そうした用心への意識の堂々巡りよりも，目覚めたのが夕方ではなく，朝なのだとしきりに信じたがる自分にうっすら狂いを感じる。

　気を取り直して，軽く身体を動かした後，ノートに戻った。

　1冊目は少し湿気があって，なぜかほんのり潮の香がした。その21ページに破られた跡があり，ノドの部分に捨てるつもりだったのかどうか判断がつかないが，二つ折りの紙片が挟んであった。

　笠間は私と同じく独居生活だと推察しているのだが，ことによると孫でもいたのだろうか。子どもの作文を模した走り書きがあった。タイトルは付いていない。裏の22ページには吉野弘の詩「好餌」についての短文があった。まず表側の文から読んでみる。

　　となりの席のかみの毛の真っ白なおばあちゃんがね，ゴソゴソ買いものぶくろの中をのぞくんだ。そのたびにひじが，ぼくのむねをつっつくのさ。ついてないや。でも，そのおばあちゃん，きゅうに席を立って，ドアの近くにいた背中のまがったおばあちゃんに席をゆずりに行った。しま

った，ぼくがゆずるべきだったんだ。もうすぐ5年生なんだから，それくらい気がついてもよかった。

　ぼくはすぐに立って，席をあけた。2人はすわった。でもさ，まさか，かみの真っ白なおばあちゃん，心の中で，こんなふうな，いじわるなこと，言ってないよね。「なんだろね，さいきんの子どもは，あそこにおばあさんが立っているのに，どうどうとすわっている。さっきから，ひじでわきばらをついて，あいずをしているのに気がつきもしなかった。親のかおが見たいものだね」

　ああ，それなら，すぐに見られるよ。ほら，おばあちゃんの反対どなりの席で，ぐーすかぴーって，ねむっているのがパパだよ。ひじでつっついて，おこしてもいいよ。

　最後に（　　　）で「ここまでで，まあ，いいか。今日はおしまい」と笠間は付け加えている。続きがあるのかどうか確認してもいいのだが，ページから破ったのだから，書く気はなかったのだろう。子ども詩を模したとはいえ，このあどけなさに自分で嫌気がさしたのかもしれない。裏面の吉野弘の「好餌」のコメントを見ると，このように記してある。

　　隣の座席の「黒胡麻をまぶしたような風貌」のお婆さんが，大きな袋を覗いて探しものをしていて，しつこく「私」の脇腹を突っつく。「私」は「災難」に会ったと思う。すると「黒胡麻婆さん」は席を立ち，ドアの近くにいた深々と腰の曲がったお婆さんに席をゆずりにいく。外の景色を見ている「黒胡麻婆さん」の閉じた口から「私」にこういう声が発せられた。「何の不思議もありはしないよ。

私を非難することでいきりたっていたお前さんの目に私以外のものなど見えなかった筈さ」

　一瞬，心が動きかけたけど，おやおや，これでいいのかなと思う。何が？　「黒胡麻婆さん」を「老婦人」とでもすれば，こうした話の成り行きにはならないんじゃないか。「かすかに香しい匂いを身にまとっている着物姿の老婦人」となれば，どうだろう，もっと話はすすまなくなる。それだと「災難」に遭ったとまで感じたかどうか。最初に蔑視の思い込みを前提にしないと，「黒胡麻婆さん」に与えた辛辣な心の声のインパクトが消えさる。けっこう危うい言葉の選び方の詩じゃないか。タイトルの「好餌」はひねりが効いて面白いけど。自分が格好の餌として，お誂えむきの批判の対象になったということだろう。

　これら二つの文を表裏に書くことに，何か批評的な狙いがあるのだろうか。考え過ぎというものかもしれない。しかしあれこれ考えるより先に私自身もまた，「今日はおしまい」と言いたくなった。それでも，笠間が借り出していったと思われる思潮社の現代詩文庫，あるいは角川文庫の『吉野弘詩集』に収載されているはずの原詩を確かめようと，書棚を探したが二つとも見当たらない。貸出ノートにも記録がなかった。

3　猫のかご
　（4冊目，34ページ）

夜中から朝まで降り続いた大雨の上がったある土曜日，ノー

24

トの4冊目を持って塚山公園に行った。まだ濡れているベンチにビニールの買物袋を敷いて座り，調べるというよりもぼんやり文字を眺める感じでページをめくっていると，34ページに「猫のかご」という短い文章があり，たまたま「となりの席のかみの毛の真っ白なおばあちゃんがね」という書き出しの文が目に留まった。先の電車の中の老婆の話の続きかと思ったが，別のバージョンらしい。たぶん後からふんわりと頭に浮かび出たのだろう。

　　となりの席のかみの真っ白なおばあさんがね，ゴソゴソ買物袋をのぞくんだ。そのたびにひじが，ぼくのむねをつっつくのさ。なんだか，ついてない。でも，そのおばあちゃん，きゅうに席を立って，ドア近くにいた腰の曲がったおばあちゃんに席をゆずりに行った。しまった，ぼくがゆずるべきだった。もうすぐ5年生なんだから，それくらい気づいてもよかった。それに，腰のまがったおばあちゃんは，猫の入ったかごを持っていたんだから，なおさらだ。
　　ぼくは立って，席をあけた。二人がすわってしばらくすると，かごのすきまから，猫のミャーミャーミャーと鳴く声が聞こえた。
　「お元気なようすで，いいですね」と白い頭のおばあさんが，猫のかごを見ながら話しかけた。
　「おかげさまで。今日はきげんもいいので，ひさしぶりにお出かけなんです」
　「それはいいですね。お二人そろって，うらやましいです。猫さん，いくつなんですか？」
　「87です」

「あら，うちの主人と同じです。うちは，猫への成型は，とても高くてむりなんで，あきらめて近所のホームに入れました。犬ならお安いですけど，ちょっとね」

「ええ，いまさら，ベタベタなつかれるのもいやですものね。いえ，うちだって猫にするのは大変だったんですよ。退職金をたくさんつぎ込んで。80の誕生日のときに，思い切って猫になってもらいました」

「猫成型にも保険がきくといいんですけどね」

　かごの中の猫さまが，ひと声大きくニャオーと鳴いた。たぶん，おしゃべりがうるさいと怒っているんだと思う。

　猫かごのおばあさんは，次の駅で準急に乗りかえていった。かみの真っ白なおばあさんも，その次の駅でおりた。

　ぼくは席にもどって，いびきをかいて寝ているパパのわき腹をつっついた。パパはおどろいて目を覚まし，「あっ，池田専務，おひさしぶりです。猫になられて，ますますお元気そうで，ムニャムニャ……」と寝ぼけ声でつぶやいた。

「ねえ，ぼくさ，ぜんぶ知ってるよ。パパがどんな夢を見たか」

「えっ，そうか……。とにかく，まあ，保険がきくようになるといいな，ムニャムニャ」

　パパは寝ぼけた声でそう言うと，また眠ってしまった。

〈寸感〉

　帰宅してすぐにこの文章を書き写しながら感じたが，小学校五年生の持つリテラシーには微妙なものがある。漢字使用に無理があるかもしれない。でも，そこが面白い。だからこそ父親の見た夢をぜんぶ知っているという超常的な結びが生きる。前

の話のバージョンと吉野弘の詩とのつながりがないと成り立ち難い話に思えるが，どうだろうか。いずれにせよ，わざわざこれを残したのは，夢の転写のような話が気にいったからだろう。後日，吉田知子の「箱の夫」を思い出したが，貸出帳と本そのものにも読んだ形跡はなかった。

4　はやり正月
（2冊目，103-130ページ）

テレビで朝の天気予報を見ると，前線が九州から東北まで伸びている。出かける予定をやめて，ブラック・ノートとしばらく気になっていた『江戸の上水道と下水道』（吉川弘文館）を読むことにする。

「はやり正月」はローカル列車の車内風景のスケッチから始まり，ある夏の出来事が語り手の「私」の視点から語られている。なるべくこの話の筆触のようなものが伝わるように，なぞってみる。

〈あらまし〉

　ある八月の盛夏の午後，私は芸備線に乗り，広島駅から三次へ向かっていた。三次にある乳業メーカーで，宣伝パンフレット用の写真撮影の打ち合わせがあった。自然食品の店を中心に取引のある会社だという。仕事を仲介してくれた広告エージェントの担当者は，一つ後の列車で現地に向かうことになっていた。新幹線の遅れで同じ列車に乗り損ねたという。

芸備線は豪雨による土砂災害がたびたび起こり，路盤流失で復旧に一年を要した年もあった。

　車内はサッカーやバレーボールの試合を終えたらしい高校生たちが席を占拠し，ほぼ全員が眠っていた。足を通路に投げ出して，肘掛けを枕にしている者もいた。私の席は運転席に近いボックス・シートで，隣の窓側の席に男性，向かいに二人の女性が座っていた。三人とも同じ二十代半ばの若者たちで，会社の同僚らしく，共通のアタッシュケースを用心深く膝の上に乗せていた。広島駅を出るときから賑やかな話が続き，上司の噂やグルメ情報など，話があちらこちらに飛んでは，また戻る。

　「ミユキ係長，四十になったんじゃと，知っとった？」と窓側の女性が言う。

　「へえ，そんなおばちゃんなんね。ぜんぜん，わからんかったわ」と男性はBOSSコーヒーの空き缶を座席の下に置きながら応じた。

　「えらい若う見えるよねえ」と私の前の女性は細い声で呟いた。

　「どうしてばれたか，知っとる？　それがヤマキ課長がね，みんなの前で誕生日に，四十歳，おめでとうって，うっかり言うてしもうたんじゃと」

　話の引き回し役は，この窓際の女性らしい。

　「そりゃあ，ひどいわ。ぼくでもそんな失敗はせんよ」と男の奇声が私の耳元に響く。課長の誕生日祝いの言葉が，どうしてまずいのか私には理解できない。

　声の細い女性が新情報を伝え，文脈を変えにかかる。

　「うちね，前に八丁堀のイタリアンで，ミユキ係長に会う

たことあるんよ。知らん人と食事をしよっちゃった。それがね，会社におるときみとうな，きびしい顔じゃのうて，えらいやさしい感じで，別の人みたいじゃった」

「それ，あのしらすパスタの店じゃないん？　ちがうかね。そう，そう，最近評判の店，知らん？　八丁堀に古民家を改装したフレンチがオープンしたんよ」

「そりゃ，そうじゃろう。あの人は，自分を使い分けよる」と男性は話を戻してしまう。

「うちにゃあ，ぜったいできんわ」

「うちもむり」と言って，物静かな方の女性がトイレに立った。

しばらく戻ってこない間に，列車は次の駅に着き，中学の低学年くらいの少女が私たちの前に立った。すると席を外している女性のアタッシュケースを，男が隣の女性の膝に移し，「どうぞ」と少女に言った。促されて少女が座ると，二人は顔を見合わせて笑った。他人事ながら私は軽い動揺を覚えた。少女は一礼して座ると，すぐにスマホ画面に集中し始めた。

もどった女性は，席がなくなっているのを見て，声には出さずに「あっ」と驚きの表情を見せた。二人の男女はまた笑いだし，困惑した女性はその様子に合わせて笑顔を作ってから，運転席の窓に移動して，前から迫ってくる田園の風景を眺めていた。電化していない路線なので空が広く見えた。運転室の上には，三重県の観光ポスターがある。「夏休みには三重に行こう。きもちいいのが三重マルなのだ」。芸備線に貼って，どれほど効果があるだろうか。私はにわかに落ち着かない気持ちになった。

席の男女は何事もなかったように，一か月で辞めた新人の話を始めた。この三人の同僚たちの関係は，いったいどこに問題があるのだろう。私は目の前に宿題を置かれた気分で，頭をめぐらす。

　男がおしゃべりな女性に余計な気を遣っているのは，すぐにわかる。当のおしゃべりな人は，実はとても気が弱いのかもしれない。弱いから，しゃべり続ける。よくあるケースだ。一番問題なのは，おとなし気な女性かもしれない。本当は意外に神経がタフなのだ。しかし，だから何だというのか。私はしだいに考えるのが面倒になった。

　列車は多見中という駅に着き，広島行きの列車を待って待避線に入った。五分間の停車のアナウンスがあってドアが開き，蝉（せみ）の声が熱い空気と一緒に入りこんでくる。無人駅だが，乗降口の脇に赤いコカ・コーラのロゴの入った自動販売機が見えた。私は気分を変えるために，荷物を持って外に出た。ついでに，相変わらず運転席を覗きこむように立っていた女性に「席，空きましたよ」と声をかけた。女性は会釈だけを返して，席には戻らなかった。

　自動販売機には，なぜかコカ・コーラのライバル社の奥大山（おくだいせん）の天然水があって，飲みこむにつれて冷水が胸の中に沁みていくのが分かった。プレハブの白い駅舎のほかに建物はなく，橋を渡った先に集落が見えた。

　電柱が一本もない駅前風景に私は清々しさを覚え，深呼吸をした。息を戻した時，集落の先の方から祭りのような笛と太鼓の音が聞こえてきた。音に引き寄せられて歩を進めると消え，立ち止まると聞こえた。それを繰り返すうちに橋を渡り，集落の入り口らしい場所に着いた。朽ちかけ

た円柱が二本立っていて，そこに門松が飾られている。道を進むと人気のない家がまばらに何軒か続き，どこの玄関にも大きな松飾りがあった。蝉しぐれの降りそそぐ中で目にする松飾りに好奇心がうごき，私はこのちぐはぐな光景をしばらく楽しみたくなった。それにつれて三次の牧場での仕事の約束は，もはや記憶の奥に遠ざかった出来事のようで，実感がなくなってしまった。

　村落への誘いの幻聴のように聞こえた笛と太鼓は，すでに消えている。左手の欅並木の正面に社が見え，耳を澄ますと人の気配を感じた。その方向に進んでいくと，玉砂利を踏む足音が視線を集めた。二十人ほどもいただろうか，男女の顔がそろってこちらを向いている。威圧感があったのは一瞬で，やがて人々の間に途惑いの表情が浮かんだ。

　仮設のテントが建てられ，宴席の用意があった。酒瓶が並べられ，黒塗りの重箱もある。

「どちらから来られましたかね？」

　集団の中で一番若そうな三十代半ばくらいの男が訊いた。すると反対側に座っていた恰幅のよい老人が手を伸ばし，男の頭を叩いた。すると周りの人びとがいっせいに口に手を当てて，何もしゃべるなという仕草をした。老人はテントの脇にあった丸椅子を指さし，私に座るようにと合図した。言われるまま身を固くして，事態の成り行きを見ていたが，全員が押し黙ったまま何事も始まる様子はない。そのうち，皿も箸の用意もないので，重箱も空なのではないかと思い始めた。

　木立に囲まれたテントの向こうでは，稲穂が炎天下で風に揺れている。木々の密集した枝葉を通ってくる熱風は，

涼感を含んで肌になじんだ。

　束の間，眠気を覚えたとき，たぶん頭を叩かれた男性の妻と思われる，若い女性が私のもとに来て，供え物に敷く半紙のようなものを手渡した。こう伝言が書いてあった。「お正月をして居ます。若水迎えをして居るところですから，水を迎えに行っている年男だけでなく，邪気を払うために，みんな口をつつしみ，黙って居ります。ご協力を，乞い願います。一同」。

　そういうことならば，私はもう退散した方がいいかもしれないと思った。急げば，次の列車に間に合うはずだ。その旨を半紙の裏に記して，近くに座っていた立派な顎髭を伸ばした老人に回送を託した。老人が目を通してから，全員に渡った。誰が書いたものか，ふたたび新たな紙が回って来て，「この日に，たまたま外からいらした来訪の方は，吉兆をもたらすと言われています。明日の朝までご滞在を切に乞い願います」とあった。続けて二枚目が来て，「粗末なものですが，ご夕食，お部屋は用意いたします。後ほど，堂上という者が案内いたします」と前とは違った筆跡で書いてあった。

　堂上は集団の奥にいた私と同世代くらいの小柄な男だった。丸顔に大きな目が特徴で，ここから中国山系を越えた島根出身の元首相の容貌を思い起こさせた。縁由を守って，この人も沈黙を通した。案内されたのは無人となった古民家で，二十畳ほどもある居間の真ん中に寝ることになった。堂上との別れ際に，いったいこの村に何が起こって，正月をやり直しているのかと，疑問を走り書きして渡した。文面に目を通した顔に思案気な表情が浮かび，軽くうなずい

た。

　夜になると堂上が現われ，昆布の握り飯が二個とお煮しめ，茄子の漬物にお茶のペットボトルを運んできた。相変わらず口を開かず，盆の上の書き付けを手で示してから，立ち去った。文面には，村は去年に続いて豪雨で大事な山が崩れ死者が出たこと，その山は長年にわたって松茸の豊かな収穫があったこと，若い連中がつぎつぎと村を出ては行方がわからなくなっていることが書いてあった。

　窓から涼しい風が流れて来たにもかかわらず，その夜，私は寝付けなかった。居間の大きな柱時計の動く音と，天井をネズミが走り回る音が眠りを妨げた。暗闇の中で天井を見上げ，ネズミたちの動線を頭の中で描いているうちに，黒々とした線で埋まり，ますます目が覚めてしまった。ようやく眠りこんだのは朝になってからだった。

　目覚めたのは昼近くで，柱時計の針は 11 時 50 分を指している。部屋の隅には前夜と同じ盆に，餅と鶏のささ身に三つ葉の雑煮，小さな重箱に野菜が中心のおせち料理，そして形だけのお屠蘇が並べてあった。私は空腹を覚え，一気に食べた。餅はすでに汁に溶けかけていたが，その歯ごたえも楽しむ気分だった。脇にお年玉袋のようなものがあり，開けてみると，紙片に「謹賀新年。ありがとうございました。どうぞ，お気を付けてお帰り下さい」と記してあった。

　村には人の気配がない。私は急いで駅に向かった。小走りになっている自覚はあるのに，足は動かず，暑さで汗が吹き出してくるばかりだった。隙間のない蝉の鳴き声が暑さをますます煽った。

公衆トイレに似た造りの白い駅舎が遠くに見え，折よく列車も止まっている。私は鞄を横抱きにして疾走し，ドアの閉まる直前に車内にたどり着いた。

　息を整えてから，あたりを見回すと前日と同じ光景がある。席のなくなった女性が運転席の窓から行く手を見つめ，ボックス・シートの向かい合った席では男女が「知っとるかしらんけど，ミユキ係長，会社におるあいだだけで，三回も歯磨きするんよ」と相変わらず賑やかな話し声をたてていた。隣の席の中学生もスマホ画面を覗いている。高校生たちも大きなスポーツバッグを枕にして眠りこけていた。「席が空きましたから，どうぞ」と私は立っている女性に声をかけたが，今度も会釈だけが返ってきた。

〈寸感〉
　結びの文は，「しばらくして私は元の席に戻り，背後に流れていく窓外の山あいの家々を見つめながら，溶けかけた餅の入った雑煮の味をしきりに懐かしんでいた」というもの。

　タイトルにある「はやり正月」とは，災害など凶事のあった年に，厄払いの意味で正月を迎え直そうと臨時に設けられる村落共同体の休日のことのようだ。

　私もかつて一度だけ芸備線の三次方面から広島行きの列車に乗ったことがある。沿線には山と川が多かった印象がある。舞台になっている場所はどのあたりか，記憶の中の風景をたどり始めると，にわかに探訪に行きたくなった。

5　アヒルの味わい
（5冊目，72-88ページ）

　にわか雨を避けて入った喫茶店，蔓薔薇の模様をあしらった衝立や籐の長椅子があり，昭和の面影が残る。サイフォンが並び，フラスコの湯が沸騰している。

　持参したブラック・ノートを開くと，「アヒル」とタイトルのある文が目に入った。読後，生々しく甲高い声の走る情景が思い浮かんで心がざわめいた。「アヒル」は「家鴨」と漢字表記にした方がよかったのではないかと思う。

〈あらまし〉

　中国の清朝中期のこと，唐の時代から続く旧家の料理人である陳明は，六十歳の誕生日を迎えたばかりである。妻は十年前に亡くなり，子どもはいない。邸の主人は陳明の長年にわたる厨房の仕事への慰労と誕生日の祝いを兼ねて，特別料理でもてなすことに決める。もちろん，作るのは陳明と弟子の中年男の二人である。しかし当日になり，弟子は妻が産気づいて，手伝えなくなる。

　主人は祝いの晩餐のために，とっておきのアヒルをどのように料理するか，指示を出した。

　まず大鍋を用意し，ほどよく塩を入れた水を沸騰させる。鍋の回りには熱した鉄板を敷く。陳明は翼を切った生きたままのアヒルを金属板の上に放す。灼熱の金属板で火傷をしたアヒルは，苦痛のあまり，あわてて鍋の中に飛び込む。ところが，家族と一緒に楽しく泳ぎ回っていた水たまりが，今や熱く煮えたぎっている。

アヒルは眩暈をおぼえるが，必死になって金属板に戻る。この呪われた極熱板から逃れるために，やがて自らの煮汁となる沸騰した液体へまたもや飛び込んでしまう。恐怖から逃れるはずの行為は，また別の恐怖を選ぶ結果になる。

　主人は陳明の特別料理の手際に満足げに微笑む。このようにして調理したアヒルの味にことのほか執着があったのだ。主人はあらゆる香辛料の繊細微妙な味付けには飽き飽きしていた。生まれてからずっと竹垣に囲まれた池をのんびりと遊泳して過ごしてきたアヒルが，恐怖に襲われた獲物の身体となって，野生の香気を取り戻す。家禽は何世紀もの間，安穏とした飼育場暮らしで，荒々しい野性を失っていた。ところがこの単純な料理手順の変更で，アヒルの筋肉は失われていた美味極まるアミノ酸を分泌することになったのだ。

　陳明は自ら準備した祝いの料理を感謝しつつも，食が進まず，気分の悪さをおぼえるが，笑みは絶やさない。主人は使用人の複雑な表情を特別料理の付け合せとして味わっている。

　祝いの膳の最中，陳明の弟子の妻が，女の子を産んだという知らせが入る。主人は「それは，よかった」とうなずき，新たな賑わいが加わる。

　使用人部屋から，元気の良い赤子の声が邸に響く。だが，主人は恐ろしさに身をこわばらせ，一同は息を殺して泣き声に耳を澄ます。産声は苦しげなアヒルの声となって，家のすみずみにまで広がっていくのだ。

〈寸感〉

　この短篇は究極のグルメ小説（？）としても読み得るかもしれない。

　末尾に「付記」として，リブロポート刊『トラヴェルス／ 4 恐怖』のジャック・ベルトラン「我恐怖す，故に我逃亡す」に引用されているル・クレジオの『逃亡の書』（望月芳郎訳，新潮社）の一節をヒントに転用を試みたとある。私の蔵書にある本だが，おかしなことに『逃亡の書』には該当の文章は見当たらない。思い違いというより，これ自体も笠間の仕組んだミステリーなのだろうか。

6　ポスタル・サービス
（20 冊目，109-146 ページ）

　郵便局の夜間受付に書留を出しに行ったが，夜九時終了に変更になっていることをうっかり忘れていた。帰路，コンビニに寄って乾電池を買った瞬間，ブラック・ノートの何冊目かに郵便をめぐる文があったことをふいに思い出した。見つけるのにやや手間取ったが，中ほどのノートにあった。このあたりの文は，鉛筆書きの薄い字だった。

　投函すれば冥界の住人から返信が届くという三つの郵便ポストの話が記されている。『ゲゲゲの鬼太郎』の妖怪ポストをふと思い起こさせる。ここでのおかしさのポイントは往信と返信の行き交いのちぐはぐ感にあるようだ。

〈あらまし〉

《第1ポスト，東京都豊島区，雑司が谷霊園》

　都電荒川線の踏切を渡り，雑司が谷霊園を入ってすぐ左手に朱色の郵便ポストが目に入る。このポストは黄泉の世界につながっていて，この墓地に眠る人に手紙を書くと，返事が届く。返信の封筒の表書きには，「雑志」の黒い刻印があるという。ただし，返事は数日でくるときもあれば，数年かかる場合もある。

　泉鏡花宛の例で，23年後に届いたという話もある。永井荷風で通常2, 3年後らしい。もっとも早いのは東条英機で，1週間以内に届いたが，誰がどのような内容の手紙を出しても，和紙1枚に筆で，「尊翰確かに拝受致し候。深甚の謝意を申す。貴殿の恙無き日々を祈念致し候」と書いてあるだけだ。

　村山槐多の場合，返信は気まぐれに葉書で届く。手書きの絵が入った貴重なものなのだが，絵柄はどれも共通した「尿をする少年」が描かれている。イラスト入りの葉書となると，まだ2枚しか例がないようだが，初代江戸家猫八の招き猫のめでたい絵柄がある。

　夏目漱石は黄泉の国でも多忙なはずだと思うが，いかにも刻苦精励の人らしく，あまり間を置かずに返事が来る。ただし，ここでも猫が登場し「代，名無し猫」と署名が付く。この「代」は代筆の意味だ。まれに太字で勢いのある字で返事が来ることもあり，そこには「代，坊」とあり，どうやら「坊ちゃん」の代筆らしい。さらに珍しいのは，「代，三」とある返信で，かすかに白百合の香りがするので，『それから』の三千代の代筆だと推測する者もい

るが，それは願望からくる思いこみにすぎず，三四郎が正しいようだ。

　雑司が谷霊園の漱石の墓石はひときわ大きく，周囲に野良猫がたむろしていることが多い。そのなかで，三毛の老猫が到着郵便の差配をしているという話もあるようだが，まだ確証を得ていない。

《第2ポスト，北海道函館市，立待岬》

　函館山の麓の霊園地区，立待岬の石川啄木の墓地および歌碑近くに旧式の円筒形の郵便ポストが置かれている。

　ここに啄木宛ての短歌の郵便を出すと，冥界から啄木の添削付きで返事があるという。ただし，ここ20年ほど返信もまれで，理由として推測されるのは，添削料金として封筒に1万円札を入れた者がいて，それが不興を買い機嫌を損ねたことだ。ただちに「無礼」と記した紙片とともに送り返された。いくら借金に追われ，貧窮のうちに世を去った身とはいえ，黄泉の世界に行ってまで同情されるのは屈辱的で，自尊心が傷ついたのだろう。あるいは，逆の見方もあって，天才歌人に添削を求める金額としては，あまりに少なすぎて腹を立てたのだという。

　さらに有力な意見として，このような事実の指摘もある。啄木の短歌を揶揄する歌をわざわざ立派な短冊に書き，添削者の署名を入れて返送してほしいと言った悪戯好きがいて，あろうことか，当人から「駄作」として朱字の入った返信が届いた。どうやら啄木自身，酩酊状態で遊びに付き合い，うっかり凡手きわまる添削をしてしまった。受け取った投函者は大いに喜び，あちこちで自慢げに吹聴した。

この事実を別の人物が注進におよんだことで，啄木は自らの不覚を知り，それを機にどの手紙にも返事が来なくなった。

　投稿者は地理学を専攻する仙台の学生であったが，10年後にその貴重な短冊を神田神保町のY書店に売却した。問題の戯れ歌は，「啄木の／ピストル短歌／空鉄砲／われ泣きぬれて／ぢつと手を見る」。これをこのように啄木は添削したらしい。「啄木の／ピストル短歌／空元気／われ泣きぬれて／人生終る」。

　啄木のピストルの短歌は，「人生終る」の語句の見える「こそこその／話がやがて／高くなり／ピストル鳴りて／人生終る」とか，また「いたく錆し／ピストル出でぬ／砂山の／砂を指もて／掘りてありしに」などがある。問題の投函者は，「ピストル短歌」だけでなく，啄木の歌の全体をからかって「空鉄砲」と言ったのかもしれないが，それでも不興を買うほどに出来の良い戯れごとではない。

《第3ポスト，長野県松本市，上高地》

　梓川にかかる河童橋の上流から見て左手の脇に，木々の生い茂る季節は葉陰に隠れて目立たないが，小さな郵便ポストがある。小鳥の巣箱ほどの大きさで，朱色の塗料もはげかけ，いつ設置されたのか不明だ。差し入れ口も狭く，大型の封書は入らない。

　橋の名の由来は，梓川の淵の奥に河童が棲息するという古い言い伝えによるとか，あるいは橋のできる前，頭に衣服を載せて川を渡る人の姿が，河童に似ていることからくるとか，諸説あって正確なことはわからない。

ここの郵便ポストの特別なポスタル・サービスは，河童宛てに送ると魚に似て生臭い薄緑色や灰色や折々で異なった色に染めた封書が届くというもので，芥川龍之介の最晩年の小説「河童」が深く関与している。語り手の精神病院の患者第23号によって証言されている「河童の国」だ。「河童の国」が，「患者23号」の狂気のなかにだけ存在すると思っている者は，いくら手紙を出しても返事は届かない。その実在を信じたならば，入院中の「患者23号」のもとへ次々と旧知の河童たちが見舞いに訪れたのと同じく，嬉しくも投函者へ直接持参する河童もいるらしい。「患者23号」の同病者のみならず，その病院の医師や看護師が比較的よく返事をもらう事実は興味深い。「患者23号」が河童語の翻訳者の役割を果たしていたことも大きいかもしれない。手紙の相手は，漁夫のバッグ，医者のチャック，詩人トック，音楽家クラバック，哲学者マッグ，裁判官ペップ，資本家ゲエル，学生のラップなど。
　そのほかにもこの上高地のポストから「河童の国」への郵送はややこしい事情があるようだ。大きな理由の一つは，梓川のこの国が奥深い淵の地下にあるとはいえ，黄泉の世界ではないことだ。人間の価値観と真逆ではあっても，それなりの政治，経済，司法制度を持ち，文化活動も盛んな社会として存在している。
　しかし，最近にいたってなお深刻な事態も推測できる。医者のチャックから信州大学付属病院のA医師に届いたぎこちない日本語の手紙によると，未知のウイルス感染症の蔓延で，仲間たちは絶滅寸前で，生存が確認できるのは学生のラップだけという。

きゅう状を，クワ，お伝え申すぞ。われら，クッ，かっぱはな，死に体によって，わしと，ラップのみ，クァ，この知らぬぞんぜぬ未知の感せんの，やまい，まいったな，かっぱ界で，いちばんの医者の，このわしゃでも，直すのやっかいじゃて，へのかっぱ，とはいかん，むかし，むかし，あんたらの，クヘー，かんじゃ23号が，ウイルスを，クック，もっちこんだようだ，そのウイルスが，眠りから，なぜか目ざめやがった，クソイー，よって，かんせん，COVID-XZ とな，呼ぶでござるのだ，クワッ，責にんとれとか，かっぱらいとか，かっぱ殺しとか，クッハ，いわんぞな，われら，人げんどもと，ウッ，臭セーなこの「人げん」という言葉，人げんとちがってよ，とにかく，逆なんよ，考えがね，それ故に，あんたらに，差しあげ，いたしたくそうろう，よって，わが身を焼いた，クワ，粉まつ，さしあげ，キクキク，クァ，つかまつる，ギフットじゃ，クワ，このかっぱ焼き粉末，人げんだけには，なぜかは知らねど，クワッ，ワクチン代わりに，キッ，きくかもしれん，だが，困ったことによ，せっかくの身を粉にした特こう薬を，クァッ，誰があんたらに届けるか，頼みのラップは，生き残っていることは知っておるが，クックワ，どこに消えたか，わからんちん，どうすりゃいいのさ，このわたし……（以下，判読不能）。

〈寸感〉

　三つの話を合わせて原稿紙換算（400 字詰）65 枚ほどになろうか。残念なことに，中途で終わり，「河童の国」の医者チャックの人間界への稀少な薬の贈与の成り行きが判らない。

　第 1 ポストに関していえば，雑司が谷霊園に眠っている重要な人物として，ラフカディオ・ハーン（小泉八雲）がいるはずだが，言及がないのはなぜだろう。ハーンこそ冥界の消息に通じた人物のはずだから。英文レターを書くのが面倒だった者が大勢いたからとも思えない。貸出ノートを見ると『小泉八雲コレクション』（ちくま文庫）をまとめて借り出した形跡があるので，付け足すプランがあったのかもしれない。

　貸出記録では，『啄木歌集』（岩波文庫）のほか『啄木日記』（春秋社）もあった。あらためて歌集を眺めると，ピストル短歌としては，引用の二首のほかにハルピン駅頭で安重根に銃殺された伊藤博文に仮託した「誰そ我に／ピストルにても／撃てよかし／伊藤のごとく／死にて見せなむ」もあった。これは駄作と思えるが，誰が言ったことだったか，名歌集や名俳句集，あるいは魅力的なアンソロジーの条件は，傑作だけを揃えるのではなく，凡作や駄作をうまく混ぜることにある，と。

　芥川の本は借りていった記録がない。ただし，「河童」が収録されているいくつかの蔵書のなかで，なぜか『妖怪文学館・芥川龍之介全集』（東雅夫・編，学研M文庫）に，オレンジ色以外の，しかも私自身には覚えのない付箋がところどころ貼ってある。その箇所をたどっていくと，すべて学生のラップの登場するページだった。未完のまま終えたが，何らかの話の展開を考えていたのだろう。

7　ラップの行方（仮題）
（23 冊目，6, 8, 11, 13, 15, 19 ページ）

　中断した「河童」の話のことは，たいして気にも留めていなかったのだが，五日ほどたった頃たまたま開いたノートの最初のあたり，しかもとびとびのページに付箋の理由を推測できる走り書きを見つけた。ラップのその後の運命が記してある。タイトルがなかったので，「ラップの行方」と仮に名づけておく。

　〈あらまし〉
　家族制度の軋轢（あつれき）に苦しんでいたラップ。窓の外を見て，「おや虫取り菫（すみれ）が咲いた」とラップが呟いただけで，妹は嫌味を言われたと誤解。それをきっかけに，一家は母，父，弟を巻き込む騒乱状態に陥ったりもした。だが，今や「河童の国」で最後の一匹になった身の運命を思うと，家族の葛藤や静い（いさか）など，胸苦しいほど懐かしい。
　ラップはチャックから託されたチャック自身の焼き粉末，COVID-XZ の特効薬を持って，「河童の国」を後にした。梓川を下り，松本に出て，中央本線・特急あずさの給水タンクに身を潜め，新宿駅に着いた。ここからどうするか？　一応プランは作ってきた。漁夫のバッグが言ったように「東京の川や掘割りは河童には往来も同様」なのだ。まずは淀橋を目指し，神田川にたどり着く。しかし，その前にチャックから頼まれた手順で，COVID-19 が収まった後に猛威を振るう COVID-XZ への特効薬の入った容器を，都庁第一本庁舎の玄関前に置かなければならない。容器は梓川に捨ててあったエビオス 1200 錠の空瓶を利用したも

44

ので，シールが完全にはがせず，「ビール酵母」「弱った胃腸に」の印字が薄く残っていることが気になるが，チャックの告知文を巻き付ければ隠れるはずだ。ラップはどきっとして，紙を失くしていないか確かめてみた。チャックの跳ね上がるような筆跡があった。それなりに日本語学習をしてきたラップなので，何とか判読できた。

　　　告知　　人るいの諸君へ，つつしんで申す。クワッカ，カ。ここにあるのは，あのな，COVID-XZ の特こう薬ですぞ。0.001 グラムの粉末ごとに，ケッ，360cc の水で溶いておくんなさい。服用は 1 人 1cc でたりるでござる。この名医のチャックがつつしんで予告するがね，クワッ，5 年後におそろしい感染しょうが，東京から世界に広がるはずによって，まずは，東京都知事に薬を託す。そなえろ，そなえろ。あとはよきに，はからえ。こら，横取りなど，するな，無れい者め，クッカ，カッ，たたりがあるぞ。そんじゃ，人るいの皆さん，達しゃで生きよ，さらばじゃ，クワック，クッ。

　　　　　　　　　　河童国医師，チャック記す。

　さて，新宿駅から都庁舎まで，どのように行くか。川も掘割りもない。しかし，あの「患者 23 号」を病院へ見舞いに行ったように，これもバッグの説明どおり水道の鉄管を抜けていけば造作もない。もっとも，その訪問こそが河童の国に感染症をもたらしたのは，疑う余地のないことだが。

そこで，このまま順調に手順を踏んで，ラップは淀橋から神田川の水に浸かることができるはずだった。実際，夜明け前の時間を見計らって特効薬の瓶を都庁舎の玄関の前に置いてきたものの，何かふつふつと気持ちにわだかまりがある。そんな貴重な薬の頒布を，お偉いさんに頼み，正しい政治的対応を期待するなんて，ばかげているのではないか，人間どものせいでオーストラリアやアマゾンの森林火災が起こり，静かに棲息していたウイルスが人間の世界に越境したのだ。河童の国が滅んだのも，結局は同じ理由だ。それなのに，特効薬をプレゼントする？　とんでもない倒錯だ。ラップは慌てて薬の入ったエビオスの瓶を取り戻しに行った。しかし，見つからない。翌日，不燃ごみの置き場をあさってみたが，それらしい廃物はなかった。

　あきらめるほかはない，と思いかけたとき，ラップはチャックに何かたくらみがあったのではないかと思い及んだ。告知文に書いていないが，河童焼き粉末薬には人間が飲んだ場合，重大な副作用がある。服用して効果が出始めた頃合いに，すべての患者は自分が河童になったという強烈な幻覚に襲われるのだ。しかも河童としての同一性に取り憑かれ，河童でないものを嫌悪しバッシングする。右手右足，左手左足を揃えて跳ねる河童踊りに夢中になる。いずれも本物の河童にはない性向である。川や池があると飛び込みたくなるのは，本物河童も人間河童も変わらない。

　ある昼下がり，ラップが淀橋の下の暗がりで微睡んでいると，クワッ，ク，ケッ，クワッという叫び声が聞こえてきた。仲間と思って喜んだのもつかの間，次々と人間どもが川に飛び込んできた。川面は河童と思いこんだ人間であ

ふれかえり，ゆったりと柳橋から墨田川を経て東京湾，太平洋へと流れていったらしいのだが，いたるところで飛び込む者が後を絶たず，少しでも水に身体を浸せる隙間を確保しようと争い，怒号の応酬する狂騒状態になった。

　ラップはこの事態に恐怖を覚え，神田川も人間河童だらけで安住の場所でなくなったので，新宿西口超高層ビル街の地下の下水道で暮らすことにした。下水暗渠は大小の管が入り組み，探求心を刺戟し，その全体の配管図はいつまでもつかめない。

　食べ物や日用品は〈借りぐらし〉で，超高層ビル街のコンビニ店からいくらでも調達できた。ラップは地下の下水道で巨大な魚の影のようなものを何度か見た気がしたのだが，まだ遭遇していない。ラップは恐々とした気分で，かつて哲学者のマッグから聞いた話を思い出した。江戸に大火のあった明暦の時代，稚魚として神田川を下っていった鮭が，300年あまり大海を遊泳した後，巨大な怪魚となって故郷の川を遡上し，淀橋で新宿の超高層ビル街につながる下水道に入り込み，暗渠を住みかにしているという。

　ラップは耳を澄まし，あたりの気配を探ることが習慣となった。異変を思わせる水音は聞こえない。それどころか，いつしか地上の人間たちの雑踏が消え去ったことに，身の縮む不安を覚え始めた。

〈寸感〉
　しばらく前から眠気におそわれ，意識が朦朧とし始めており特記すべきことは思いつかない。ただ，この中で〈借りぐらし〉というのは，イギリスの作家メアリー・ノートンの『床下

の小人たち』の主人公たちの暮らし方の借用であろうか。イギリスの田舎屋敷の床下に住む小人ファミリーが，上階の人間たちに気づかれないように食料や日常の必需品を借りて生活をしている。スタジオジブリの映画『借りぐらしのアリエッティ』はこの作品をもとにしたもので，アリエッティは床下に暮らす少女。『床下の小人たち』は原書も翻訳もどこかにあると思うが，笠間は映画の方からヒントを得たのだと思う。

　江戸の巨大鮭のエピソードに関し，かつて私の書いた小説「黄昏の果て」によく似た話があったように思うが，それが典拠か否かは記憶に薄闇がかかった印象で確証を得られない。

8　パリ，モンパルナス墓地にて
(20冊目，147ページ)

「ポスタル・サービス」の次ページにあった断章。もしかしたら，雑司が谷霊園との連想で書きつけたのかもしれない。サルトルをサリトリとか，ボードレールをボードルールといった誤記があったが，適宜訂正した。

　〈あらまし〉

　メトロ・ラスパイユ駅から地上に出ると，雨の近そうな風を頬に感ずる。「ロトンド」でコーヒーを飲もうと思ったが，近くの「リトグラフィー」という画家が好みそうなカフェで一休みし，モンパルナス墓地のスーザン・ソンタグの墓へ向かう。調べてきた区画順に従って少しわき道に入ると，光沢のある黒御影石の墓石がすぐに見つかった。

Susan Sontag　1933-2004。墓に供えようと，ひまわりを持ってきたのだが，偶然にもすでに同じ大輪が置いてあった。ソンタグへの供花は半分にして，近くのサミュエル・ベケットの墓に供えた。こちらは何もなく，大きな黒蟻が1匹，Samuel Beckett　1906-1989という刻印を斜めに横切り，縁に回って姿を消した。ボードレールの墓は次回にしたい。次回はないかもしれないが。

　帰りに正門の近くのサルトルとボーヴォワールの墓を覗いてみると，訪問者が絶えないらしく，墓の上はごみのように供え物があふれ，古い万年筆なども備えてあった。サルトルの養女もここに入るのだろうか。

　サルトルは歳を重ねるにつれて，ガールフレンドはますます若い娘になっていき，56歳の時に愛人となったアルレット・エルムカイムとは，哲学の学位論文に助言をしたことで親しくなり，後に養女にしている。この事実をボーヴォワールは知らなかったとされるが，それは違うような気がする。この時期だけでも，ボーヴォワールのほかに，五人の親しい女性がいたらしいが，サルトルは34歳年下のこのアルレットが特にお気に入りで，不動産や著作権などの全財産を残した。「でも，モンパルナスの墓で一緒に眠るのは，私だ」とボーヴォワールが言ったかどうかは判らない。

〈寸感〉
　モンパルナス墓地には，モーパッサンやマルグリット・デュラス，イヨネスコ，トリスタン・ツァラといった文学者のほかに，画家のロートレック，作曲家のセザール・フランク，サン

49

＝サーンス，ピアニストのクララ・ハスキル，映画監督のエリック・ロメール，俳優のジーン・セバーグたちが眠っているはずだ。

　少し意外な印象を持つのは，この墓所には写真家のマン・レイの墓もあるはずで，笠間の仕事から考えれば，参拝してもよかったのではないか。ただし，ソンタグの墓を目指したことはよくわかる。『写真論』の著者だからだ。『写真論』（近藤耕人訳，晶文社）はペーパーバックの原書と一緒に借り出した記録がある。この本についての記述がどこかのページにあるかもしれない。

　このモンパルナス墓地訪問の文で，一番印象に残るところは，黒蟻がベケットの刻字を斜めに横切って消えた情景だ。しばらくして，私はスイスのチューリッヒ郊外のフルンテルン墓地のジェイムズ・ジョイスの座像のある墓でも，プルーストの眠るパリのペール・ラシェーズ墓地のいささか厳ついオスカー・ワイルドの墓でも，小さな生き物を見た記憶がよみがえりかけたのだが，束の間，幻覚のように過ぎ去った。

9　メメント・モリ
　　（37冊目，29，30ページ）

　スーザン・ソンタグの墓参りをしたほどなので，『写真論』への言及があるはずだとぼんやり思っていたところ，最後に近いノートのページに鉛筆で引用文と添え書きがあった。

　　「今はまさに郷愁の時代であり，写真は郷愁をさかんにかきたてる。写真は挽歌の芸術，黄昏の芸術なのである」と

ソンタグは言う。写真はすべてメメント・モリ（死を忘れるな）に関わるものである，と。どのようなものであれ，写真に撮られるやいなや過去の時間に置かれ，郷愁の対象になるのだ。写真に撮るということは，相手の「死の運命，はかなさや無情に参入する」ことなのである。だからこそ，写真はいつも「挽歌」なのだ。

「挽歌」と「黄昏」か，と私は呟き心を鎮める。これまで写真を撮ることで，いかに多くの「死」に加担してきたことか。明治日本に初期の写真が入ってきたとき，撮影に応じるやいなや魂を抜かれると人々が恐れたことは，あながち迷妄ではないのだ。

　一方で，私が商品カタログや料理のメニュー写真の仕事を好んできた理由もわかった気がした。そこには「過去」へ追いやる時間ではなく，これから何を買い求めようか，これから何を食べようかという期待感と欲望が未来の時間をおおらかに引き寄せているからだ。

〈寸感〉
　笠間の詳しい仕事の内容は知らないが，この内省的な文には，あれこれの思いが湧き起る。旅先ではどのような写真を撮っているのか。ブラック・ノートには今のところ一枚も写真が見つからないのだが，はっきりした意図があるのだろうか。そしてここに書かれている思念とは必ずしも直結しないのだが，この人の家族写真を見たい気持ちがふと動いた。どのような家族がいるのかという関心もさることながら，むしろおそるおそる家族の秘密に目をやる感じ，明るく鮮明に感光されているのに仄暗い人影を追う感じともなろうか。しかし，恐いもの見たさで

家族写真を覗きこむとか，「死の運命，はかなさや無情に参入する」行為などという大仰なものではなく，気まぐれに揺れ動いた気分にすぎない。

10　無題
(37冊目，30ページ)

　ソンタグの『写真論』の他に，笠間がどのような写真関係の本に関心があったのか，いずれ判るように思うが，この文の後にやや広い空白をはさんで引用文だけが置かれている。

　　　意味の側から全体を俯瞰して見た世界は，まったく失望を誘うものであるが，不意に細部を見たならば，世界はいつでも完璧に自明な存在である。

〈寸感〉
　最初はソンタグの文と思ったが，そうではない。これは社会学者ジャン・ボードリヤールの写真集『消滅の技法』（梅宮典子訳，PARCO出版）からの引用。意外に知られていない著作で，アフォリズム的な断章形式の写真論も収録されている。かつて私もこの本から，「何かが写真のイメージになることを望むのは，生き存えるためではなく，より巧みに消えるためである」という一文をエッセイに引用したことがある。
　訳者によれば，写真嫌いのボードリヤールだったが，1981年に日本へ来て，オートマチック・カメラをプレゼントされてから一変したという。日本滞在中に撮り始めて以来，旅の先々，

日常の身近な光景など，撮影を持続していく。そしてボードリヤールは「旅，断章，写真」をトリロジーと呼ぶ。トリロジー，すなわちこの三幅対（さんぷくつい）は，必ずしも自覚的でないにせよ，笠間の目指したことにどこか重なるかもしれない。

　ところで，ジャン・ボードリヤールはこの『消滅の技法』の断章の中で，「光や影や物質が発する明証性，瞬間性，魔術性」を手に入れることのできた文学テクストとして，ナボコフとゴンブロヴィッチを挙げているのだが，笠間は気に留めたかどうか。

11　メモリアル・ツアー
（37 冊目，12-28 ページ）

　夜更けの就寝の時間になったころ，家の前の通りを消防車が四台，続けて救急車も通過していった。どこか近隣で起こった異変に耳を澄ますうちに，頭が冴えてきてしまった。気がつくと『写真論』と『消滅の技法』の引用の載った数ページ前を見るともなく開いていた。書き出しを読んでみる。

「普段は運転手たちの休憩室なのだろうか。ツアーの参加者が集められた部屋は，煙草の臭いを入れ替えるために使ったらしく，ローズの消臭剤の香りがほんのり漂っていた。私には苦手な人工臭だった」。

「メモリアル・ツアー」は，タクシー会社がサイドビジネスで始めた，マイクロバスによる日帰り旅行の話だった。

〈あらまし〉

　東中野駅近くのＹタクシー会社の営業所に集まったのは十人の男女。日帰りバス旅行「メモリアル・ツアー」の参加者だった。それぞれが最も思い出のある都内の場所をマイクロバスに乗って周遊するというもので，募集は十五名。十名に達しない場合は中止だったが，私がちょうど十人目の申し込み者で，かろうじて企画は成立した。私にはとりたてて行きたい場所はなかった。というか，後でふたたび行きたくなる場所を見つけたいという，いかにも悠長な好奇心から参加した。

　出発前の打ち合わせで，黒い細身のスーツを着こなした若いガイドが順路の説明を始める。ツアー・プランを作った当人で，稼働車を七十台ほど持つ中堅タクシー会社の社長の次男だった。旅行代理店を任されたのは最近らしい。

　参加申し込みの順に立ち寄る場所の紹介があり，祖母，娘，孫の男の子の三人は，世田谷区北烏山の鴨池近くの辻だった。交差点ではなく，「辻」と祖母がわざわざ口にしたことに，なぜか私は背に一筋ひんやりしたものを感じた。すると二番目の初老の男も，大田区洗足池の池月橋脇の辻と同じ言い方をした。

　ところが三番目に移るとき，カップルで参加していた中年の男女が，前もって場所を予告してはつまらないので，ミステリー・ツアーにした方がいいと提案した。ガイドの青年はとまどいの顔を見せたが，他の客たちからもその申し出に同調する声があがった。なぜそこに行きたいのか，参加者たちそれぞれが，場所にまつわる思い出話や因縁話を紹介することもバス旅行のメニューに入っていたの

で，その方が期待感も増すとグループで参加していた五十歳前後の女性三人が意見を加えた。皆さんの話を聞くのが楽しみで応募したのだし，そうじゃなければ，わざわざツアーなどに来ないで，自分一人で出かけると。

　運転手はガイドと小声で打ち合わせをした後，ナビゲーションに最初の目的地をセットした。バスは大久保通りから東に向かい，一方通行の抜け道を通って外苑西通りに出た。途中，渋滞で停車したとき，左手に外科病院の玄関の賑わいが目に入った。鮮やかな黄色のワンピースに白い帽子という装いの女性の姿が見え，医師か看護師か病院関係者たちの拍手を受けながら，花束を抱えて黒塗りの大きなベンツに乗り込んでいた。いったい何者なのか。賑わいの光景がしばらく残像となって車を追ってきたが，窓外に緑が増えるにつれて消えていった。バスは神宮外苑に入り，丸いドームの聖徳記念美術館に着いた。駐車場に移動しながら，ガイドの青年にマイクを渡され，三人グループの女性の一人が，落ち着いた口調で話し始めた。

　明治天皇の遺徳を伝える絵画を集めたこの美術館に，曾祖父が描かれている絵があります。それがどれか皆さんにあてて欲しいと，言いたいところですが，そんなことをしますと，この美術館見学だけで何時間もかかってしまいます。ですから，すぐわかるヒントだけで申し上げます。それは「馬」です。すぐ見つかりますよ。入場券，私たち三人以外に四枚ありますので，どうぞ。

　祖母，娘，孫の家族が残った。私も辞退した。この美術館には，いきなり正面に明治天皇の愛馬の「金華山」の剥製が飾られてあるはずだ。そのことと必ずしも直結するわ

55

けではないが，私はこの建物のデザインも収蔵品もまった
く苦手だった。残った一枚の切符でガイドが同行した。

　車内にいる間，祖母が娘と孫の男の子に，この美術館の
前の池には，夏になるとカッパがたくさん集まったという
話をしていた。昭和三十四年から三年間，池が子ども用の
プールになり，それが「かっぱ天国」と名づけられていた
という。なんだ，本当のカッパじゃないんだと娘は笑い，
つられて男の子も笑った。

　やがてガイドが一人で参加した男と中年カップルだけを
伴って戻り，三人の女性は美術館で過ごすことに決めたの
で，この後の予定はキャンセルするそうですと告げた。ツ
アーの趣意に反する唐突な行動に，不満の声が出ると思っ
たが，何事もなかったようにバスは動き出した。私はガイ
ドに，さっきの女性の言った，「馬」とは何だったのか訊
ねた。代わりに一人参加の初老の男が振り向きながら答え
た。タイトルは忘れましたが，明治天皇が奥羽巡幸中に見
た馬引きの行列の絵のことのようです。手綱を持っている
二番目の人が，さっきの女性たちの曽祖父だそうで。三人
は従姉妹同士みたいですよ。

　バスは外苑東通りを北に向かい，新目白通りを右折して
から，複雑な脇道を判断よく選んで進んだ。ふだんはタク
シー乗務の運転手かもしれない。

　途中，地下鉄丸ノ内線小石川車輌場の下を抜けるトンネ
ルに入ったとき，歩きと変わらないほどの徐行運転になっ
た。ところがその緩さが，気持ちになじみ，ふんわりする
ような愉悦を誘い出した。このままずっと続いてもいいか
もしれない，と。

そんな気分に浸っているとき，出口から射し込む陽射しが逆光になり，最後列の私の席からは，全員の後ろ姿がシルエットとして黒く浮き立ち，幽鬼たちが座っているかのように見えた。

　幽鬼の一人が口を開いた。

　もうすぐ到着するのは，文京区小日向の江戸の切支丹屋敷跡です。異教徒弾圧の番所と牢獄があったところなんですが，ご存知ですか，シドッチという長崎から送られたイタリア人宣教師のことです。新井白石がこの神父を尋問して『西洋紀聞』を書きました。一畳ほどの牢屋に入れられ，獄死したと伝えられていました。長い歳月がたって，二〇一四年の発掘調査で遺骸が出てきたんですよ。それで……。

　声は消えた。

　車が暗闇を出て，切支丹坂を上り始めたとき，運転手と相談をしていたガイドの青年が客たちに告げた。すいません。この道は狭くてバスが長く停車できないそうです。申し訳ありませんが，車内から屋敷跡を見るだけになってしまいます。

　すると，中年カップルが，自分たちだけここで降ろしてほしいと言った。なぜか今度も他の客たちから不満は出なかった。ガイドは，折詰の弁当とペットボトルの緑茶を渡しながら，ではお気をつけて，と挨拶した。二人は降りるとき，こう言い残した。二〇一四年の屋敷跡の発掘調査ですが，一緒に遺骸が見つかった日本人夫婦がいるんですよ。シドッチ神父のお世話係をしていた長助と春で，ひそかに神父様から洗礼を受けました。隠れ切支丹だったんです。では，皆さま，お元気で。

バスは飯田橋をへて，外堀通りを南に向かった。私は折詰弁当の海苔巻きといなり寿司を口に運んでいたが，トンネルの薄闇を通過したときの意識がほんのり翳むような状態が続いていた。大田区洗足池近くの辻で初老の男が下車し，バスはさらに入り組んだ脇道を抜けて世田谷区北烏山の鴨池近くの辻に立ち寄って，祖母，娘，孫の家族が降りたときも，私は車内にとどまった。二組の客がそれぞれ小ぶりの花束を手にして去っていく光景がひととき思い浮かんだ。

　ツアーの参加者は私一人になった。ビルと街路樹の影が濃くなり，黄昏が近づいている。バスはスピードを上げる。どうやら甲州街道を西に向かっているらしい。どこへ向かっているのか判らない。希望する場所など伝えていないのに，どうしたことか。

　不安が募りだすと，頭の芯からじんわりと意識の視界が澄んできた。バスは甲州街道を右折し，住宅街をしばらく進むと，高い鉄条網のフェンスの続く広々とした場所に出た。灰色の格納庫のそばにセスナ機が並んでいる。調布飛行場であることはすぐわかった。ガイドがゲートの係員に書類を渡し，バスは白い建物に直進し，横に回りこんで止まった。

「間に合ってよかったですね」とガイドの青年は安堵の笑みを浮かべた。「ドルニエ228という飛行機です。十九人乗りですが，本日は十一名の搭乗と聞いています。もう皆さん，お待ちですよ。手続きはいりません。乗る前に体重を測ることになっていますが，今日は人数が少ないので，問題ありません。では，ありがとうございました」

　一気に説明が終わると，背後でバスのドアの閉まる音が

した。夕闇に浮かんで，尾翼にイルカのマークが入った青と白の機体があり，双発のプロペラが回転していた。誰が決めた予定かも判らないまま，というか拘るものが何もないさっぱりした気分で，私はタラップを上がった。

　機内を見まわすと，押し黙った険しい表情の見知らぬ乗客に交じって，途中でバスを降りたはずの三人家族の祖母，初老の男，中年カップルの夫，そして美術館に行った三人の女性のうちマイクで説明役をした一人が後部座席でこちらを見ていた。

　私の席は一番前だった。いま，後ろから眺めれば，私自身の姿が黒いシルエットとなって，幽鬼の姿になっているかもしれない。背後から寄せてくる人々の眼差しのなかに私自身の存在がある，とそんな取り留めない思いを楽しんでいると，ドルニエ228はどこか見果てぬ夢を追うように，虚空へ向かって上昇していった。

〈寸感〉

　全体をかなり圧縮して記したが，いつもながら語り手の「私」の視点に寄り添いすぎた紹介文になったかもしれない。作中では，「私」に児島一平という名が与えられている。また，ツアーのガイド役の青年にも堀田という名前が付いているので，堀田青年と呼称したほうがよかったにちがいない。

　末尾の「虚空へ向かって上昇していった」の次に斜線を入れて削除した一行がある。「窓から見えた地球が小さな点になり，やがてそれも消えたころ，私にようやく眠気が訪れた」というものだ。確かに結びの文として言わずもがな，カットする判断が正しいように思う。

12　ミゼレーレ
（38 冊目，3-4 ページ）

1 週間ぶりにブラック・ノートを開いた。コーヒーの用意を
していると，不意に何かの記憶がよみがえることがよくあるの
だが，今朝もエスプレッソ用にグアテマラの豆を挽き，香りが
広がってきたとき，以前，終わり近くの「ノート」で目にした
気がかりなタイトルの断章があったことを思い出した。
　全文を引用する。

〈ミゼレーレ〉
「困ったもんだ，月曜日にまた台風が来るみたいだね」
　同年配の見知らぬ男が話しかけてきた。F 駅の改札口近
く，待ち人があって，私は構内のコンビニの前で立っていた。
「困ったもんだ」と同意を求める口調に親しさをにじませ，
男は顔にかかる白髪を手でかきあげた。
「いや，まだわかりませんよ」
　そうですね，と簡単に返せばよかったのかもしれない。
男は向き直り，本格的な応答の態勢をとった。拒まれてき
た言葉の経験を思い返せば，鬱屈した気分があふれだすこ
とくらい，私だって覚えがある。
「なにいってんだ，台風，かならず来るよ。それですむと
思うな。直下型の地震だって起こるし，わけのわからない
感染症だってよ，また襲ってるんだ」
　言いつのると，ますます過剰になっていく。これだって
私にも覚えがある。
　男は後ろ手に引いていた黒い買い物カートを，左手でゆ

っくり前にまわし，私との間に据えなおした。何者なのだろう。束ねたクリアファイルを大量に積んでいる。

「たしかに，そのうちいろいろなことが起こりますね」

　私はこれで引き上げるつもりだった。しかし，男はなおも挑みかかってくる。

「違うだろう，台風も地震も疫病も戦争も，それに原発だってまだわからん，何もかもいっぺんに来るって言ってんだよ」

　私もほぼその意味で言ったつもりだった。しかし，やめておけばいいものを不意に言葉がこぼれた。

「そんなこと，誰にもわかりませんよ」

　男の眉間に剣呑な線が浮かんだが，薄い唇は笑みをつくっている。私はこのちぐはぐな表情に，なぜか見惚れるような気分が動いた。その隙を突かれたのかもしれない。男の右肘が浮き，掌が何かを握っている形となった。

「あのな，中国と戦争になるぞ。北朝鮮やロシアともな。アメリカなんか，当てにできないぜ」と男は，「いよいよ戦争だ」と語気を強め，右の掌に握った細い庖丁で，私の腹に向け二度三度と突き上げた。

　見えない刃の冷たい感触が腹に残り，痛みが襲って来る覚悟をした。

「気をつけてくださいね」と私は大げさに腹を押さえる仕草で言った。こんな小さな寄りそい方で男は納得してしまったらしく，軽い会釈をして，買い物カートを引きずりながら立ち去った。

　仕事の相談をするはずの待ち人はまだ来ない。携帯電話を取り出すと，未充電だった。数日前，電子メールで入っ

た文面が思い浮かぶ。

　——意表をつくアングルの写真ですが，意外感にあまりにも依存してはいませんか。文章でもよくある例です。これをやりたかった，という作り手の欲望が露出しすぎています。もっと問題なのは，キャプションがあまりにも思わせぶりなことです。逆に，素朴な説明でありすぎたり，ちぐはぐなところもいくつか気になります。今後のこともありますから，一度お目にかかりましょう。

　私は写真を差し替え，キャプションを書き直した原稿を携え，F駅でまだ待ちつづけている。何事であれ，待てば待つほど，ちぐはぐな思いがつのるのは，今回だって同じだろうという意固地な思いが固まってくる。

　台風に地震，それと疫病と戦争も予言した男がまた近づいてきた。腹の刺し傷がまた疼きかける。ところが，今度は私に呼びかけたことなど忘れ，別世界を浮遊しているかのように，うつむき加減に私の前を素通りしていく。

　買い物カートのクリアファイルの上に，フレンチ・ベーカリーの赤い袋が所在なさそうに置かれ，食パンが1斤，異物のように覗いている。

「困ったもんだ，月曜日にまた台風が来るみたいだね，地震だってわからないよ，それとパンデミックに原発に戦争も……」

　こんどは私が男にそう話しかけるべきだったのかもしれないが，人ごみの中を駆け足で改札口に近づいてくる待ち人の姿が見えた。だが，人違いだった。ことによると急に日程が変わったのだろうか。それでも私はまだ待ち続けている。

〈寸感〉

「ミゼレーレ」というタイトルから思い浮かんだのは，十七世紀のイタリアの作曲家グレゴリオ・アレグリの名高い祈りの合唱曲だ。「神よ，我を憐れみたまえ」と旧約聖書詩篇五十一篇をもとにしている。この掌編との直接的な関係は不明。ただ些細なことであるが，ひとつ気になるのは，このページにローマのレストランと思われるレシートが挟んであったことだ。Ristorante SU E Ciu とあり，2020・1・10 の日付が入っている。アレグリの「ミゼレーレ」はバチカンのシスティーナ礼拝堂の朝三時の祈祷「暗闇の朝課」に使われるとすれば，このタイトルに何らかの思念を託していると考えられないこともない。

　二回目に届いたブラック・ノートに入っている掌編であり，内容から言って明らかに笠間が海外から日本に帰ったパンデミック以後の話だ。放浪の日々を終え，静かに思索の日々を送っていたのだろうか。ならばどうして居所を知らせないのか，と当初の疑問に戻ってしまう。しかし，それは私にとって，もはやどうでもいいという気分になっている。ましてやこの時期に再会など，面倒な思いが先に立つ。

13　書物の喜劇

　一か月ほどになろうか，しばらくブラック・ノートから離れていた。面倒な入手の経緯があるにせよ，こうしたノートが何冊も存在しているという現実感そのものが希薄になってしまい，ぼんやりした，長いような短いような微睡みの後の気分に似ている。一冊目を手にしてみたが，たぶん気のせいかと思うのだ

が，前よりもややずっしりした重さの手ごたえがあった。湿気をたらふく吸い込んだわけでもないし，こちらの手の力が急に衰えたとも考えにくい。試しに二冊目を持ってみると，さらに重みが加わったような感触がある。

とりたてて拘ることもないだろう，と遣り過ごしているうちに，不意に思いついたことがある。ちょうど『同時代』（黒の会）第4期3号の原稿締め切りが迫っている。そこで，ブラック・ノートの中の掌編を借用し，当座のしのぎとして提出するというものだ。ノートから抜き出して転用すれば，いささかなりとも重さが軽減するのではないか。ならば，二冊目のノートから試すのが良策かもしれない。どの作品でも，丸ごとどこかに移動させれば，ブラック・ノートの重みの手ごたえに変化が生ずるに違いないと考えた。

普段から他愛ない思いに耽溺する癖がないこともないのだが，今回はわずかであれノートを手にした重さの違いに執着を覚えた。自分自身の身体的な反応に結末をつけたいと思ったのだ。何にするか，しばし思案の末に，「はやり正月」（2冊目，103-130ページ）に決めた。

その場合，少なくとも新たな装いは必要だろう。そこでヒントになったのが，笠間への貸出ノートに記載の見えた『書物の喜劇』（早稲田みか訳，筑摩書房）だった。これを「はやり正月」のフレームとして使う試みだ。

新米の秘密工作員あるいは不慣れな外科医はかくもあろうか，といった不安定な手つきで，ブラック・ノートから「はやり正月」を外しにかかった。手間取りつつも新たなフレームに収めた結果，予期しない消滅のテーマが浮かび上がり，まさしく物語が余熱を帯びた。どのような形で新たに原稿化したのか，

以下に示す。『同時代』への小説原稿のタイトルは「はやり正月」なのだが，ここでは「書物の喜劇」としたい。

なお，「はやり正月」をふたたびここに見出し，意外に思われる向きもあるかもしれない（同一の文ではないにせよ）。この掌編を外したり戻したりする振る舞いは，話を追っていただければ，必然的な成り行きと了解していただけるはずだ。同時にこの反復の試みには，私自身がまだ自覚できていない隠れたモチーフや伏線があるような気がしている。

〈書物の喜劇〉

テレビで今日の天気予報を見ると，大雨を運ぶ前線が九州から東北まで伸びている。パンデミック禍の中を二か月ぶりに都心へ出かける予定を立てたものの，しばらく迷った末にあきらめた。代わりに，前夜遅く書棚の奥からひっそりと現れたハンガリーの文化史家のラート゠ヴェーグ・イシュトヴァーン著『書物の喜劇』を読むことにした。「最高の知性によるとびきり愉快で無益な本」と書かれた帯を外し，真ん中あたりのページを開いてみたところ，「本にふりかかる運命の数々」の見出しの文面を被うように，小説らしきものが書かれた薄紙が挟んであった。Ａ４サイズで３枚，旧式のワープロで打ち込んだらしく，表裏いずれも印字が薄れている。目を凝らして，かろうじて判読できるような箇所も少なくない。

タイトルはあるが，書き手の署名を欠いたままだ。ことによると忘却の淵に沈んでしまっている，私自身の書いた掌編かもしれないと疑ったが，思い出す当てもなく，記憶は薄闇のなかを堂々巡りするばかりだった。

どこかの古書店て購入した本だとすれば，前の所有者の作である可能性が大きいが，そのあたりの入手の記憶も判然としない。本の感触からすると，新刊本として買ったようにも思える。

　一つ妙なことがあるとすれば，読み進めながら，紙を透かして，印字のかすれた文字列を凝視し，文脈を推測すると，脳内のスクリーンにひとまとまりの文章が浮き出てくることだった。その瞬間，書き手の自他の区別など消え去ってしまうような愉悦を覚えたのである。

　タイトルは「はやり正月」というもので，広島のローカル列車の車内風景のスケッチから始まり，ある夏の出来事が語り手の「私」の視点から語られている。

　作品を以下に記すが，先の印字の消えかかった文を復元した箇所は，**ゴシック体**で示す。試してみると，その部分が話の屈折点として，何やら意味ありげに振る舞い始めるように思えた。

　ある八月の真昼，私は芸備線に乗り，広島駅から三次へ向かっていた。三次にある乳業メーカーで，宣伝パンフレット制作のための打ち合わせがあったからだ。全国の自然食品の店を中心に乳製品を提供している会社とのことだった。

　仕事を仲介してくれた広告エージェントの担当者は，一つ後の列車で現地に向かうことになっていた。新幹線の遅れで同じ列車に乗り損ねたという。

　芸備線は豪雨による土砂災害がたびたび起こり，路盤流失で復旧に一年を要した年もあった。

車内はサッカーやバレーボールの試合を終えたらしい高校生たちが席を占拠し，ほぼ全員が眠っていた。足を通路に投げ出して，肘掛けを枕にしている者もいた。私の席は運転席に近いボックスシートで，隣の窓側の席に男性，向かいに二人の女性が座っていた。三人とも同じ二十代半ばの若者たちで，会社の同僚らしく，共通のアタッシュケースを用心深く膝の上に乗せていた。広島駅を出るときから賑やかな話が続き，上司の噂やグルメ情報など，話があちらこちらに飛んではまた戻る。

「ミユキ係長，四十になったんじゃと，知っとった？」

　と窓側の女性が言う。

「へえ，そんなおばちゃんなんね。ぜんぜん，わからんかったわ」

　男性は BOSS コーヒーの空き缶を座席の下に置きながら，そう応じた。

「えらい若う見えるよねえ」

　と私の前の女性は細い声で呟いた。

「どうしてばれたか，知っとる？　誕生日に，ヤマキ課長がね，みんなの前で，四十歳，おめでとうって，うっかり言うてしもうたんじゃと」

　話の引き回し役は，この窓際の女性らしい。

「そりゃあ，ひどいのう。ぼくでもそんな失敗はせんよ」

　と男性の奇声が私の耳元に響く。課長の誕生日祝いの言葉が，どうしてまずいのか私には理解できない。

　声の細い女性が新情報を伝え，文脈を変えにかかる。

「うちね，前に八丁堀のイタリアンで，ミユキ係長に会うたことあるんよ。知らん人と食事をしょっちゃった。それ

がね，会社におるときみとうな，きびしい顔じゃのうて，えらいやさしい感じで別の人みたいじゃった」
「それ，あのしらすパスタの店じゃないん？　ちがうかね。その隣の最近評判の店，知らん？　八丁堀に古民家を改装したフレンチがオープンしたんよ」
「そりゃ，そうじゃろう。あの人は。自分を使い分けよる」
　と男は話を戻してしまう。
「うちにゃあ，ぜったいできんわ」
「うちもむり」
　そう言って，物静かな方の女性がトイレに立った。
　しばらく戻ってこない間に，列車は次の駅に着き，中学の低学年くらいの少女が私たちの前に立った。**すると席を外している女性のアタッシュケースを，男が隣の女性の膝に移し，「どうぞ」と少女に言った。促されて少女が座ると，二人は顔を見合わせて笑った。**他人事ながら私は軽い動揺を覚えた。少女は一礼して座ると，『マーガレット』を取り出し，たちまち意識の集中した顔になった。
　もどった女性は，席がなくなっているのを見て，声には出さずに「あっ」と驚きの表情を見せた。二人の男女はまた笑いだし，**困惑した女性はその様子に合わせて笑顔を作ってから，運転席を覗ける窓の前に移動して，前から迫ってくる田園の風景を眺めていた。**
　電化していない路線は空が広く見えた。運転室の上には，三重県の観光ポスターがある。〈夏休みには三重に行こう。きもちいいのが三重マルなのだ〉
　芸備線に三重の宣伝ポスターを貼って，どれほど効果があるだろうか。私はにわかに落ち着かない気持ちになった。

席の男女は何事もなかったように，一か月で辞めた新人の話を始めた。この三人の同僚たちの関係は，いったいどこに問題があるのだろう。私は目の前に宿題を置かれた気分で，頭をめぐらす。

　男がおしゃべりな女性に余計な気を遣っているのは，すぐにわかる。当のおしゃべりな人は，実はとても気が弱いのかもしれない。弱いから，しゃべり続ける。よくあるケースだ。一番問題なのは，おとなし気な女性かもしれない。本当は意外に神経がタフなのだ。しかし，だから何だというのか。私はしだいに考えるのが面倒になった。

　列車は多見中という駅に着き，広島行きの列車を待って待避線に入った。**五分間の停車のアナウンスがあってドアが開き，蝉の声が熱い空気と一緒に入りこんでくる。**無人駅だが，乗降口の脇に赤いコカ・コーラのロゴの入った自動販売機が見えた。私は気分を変えるために，荷物を持って外に出た。ついでに，相変わらず運転席を覗き込むように立っていた女性に，「席，空きましたよ」と声をかけた。**女性は会釈だけを返して，席には戻らなかった。**

　自動販売機には，なぜかコカ・コーラのライバル社の奥大山の天然水があった。飲むにつれて冷水が胸の中に沁みこむ。プレハブの白い駅舎のほかに建物はなく，**橋を渡った先に集落が見えた。**

　電柱が一本もない駅前風景に清々しさを覚え，私は深呼吸をした。息を戻した時，集落の先の方から祭りのような笛と太鼓の音が聞こえてきた。音に引き寄せられて歩を進めると消え，立ち止まると聞こえた。それを繰り返すうちに橋を渡り，集落の入り口らしい場所に着いた。朽ちかけ

69

た円柱が二本立っていて，そこに門松が飾られている。道を進むと人気のない家がまばらに何軒か続き，どこの玄関にも大きな松飾りがあった。**蝉しぐれの降りそそぐ中で目にする松飾りに好奇心がうごき，私はこのちぐはぐな光景をしばらく楽しみたくなった。**それにつれて三次の牧場での仕事の約束は，もはや記憶の奥に遠ざかった出来事のようで，実感を失った。

村落への誘いの幻聴のように聞こえた笛と太鼓は，すでに消えている。左手の欅並木の正面に社が見え，耳を澄ますと人の気配を感じた。その方向に進んでいくと，玉砂利を踏む足音が視線を集めた。二十人ほどもいただろうか，男女の顔がそろってこちらを向いている。威圧感があったのは一瞬で，すぐに人びとの間に途惑いの表情が浮かんだ。

仮設のテントが建てられ，宴席の用意があった。酒瓶が並べられ，黒塗りの重箱もある。

「どちらから来られましたかね？」

集団の中で，一番若そうな三十代半ばくらいの男が訊いた。すると反対側に座っていた恰幅のよい老人が手を伸ばし，男の頭を叩いた。すると周りの人びとがいっせいに口に手を当てて，何もしゃべるなという仕草をした。老人はテントの脇にあった丸椅子を指さし，私に座るようにと合図した。**言われるまま身を固くして，事態の成り行きを見ていたが，全員が押し黙ったまま何事も始まる様子はない。**そのうち，皿も箸の用意もないので，重箱も空なのではないかと思い始めた。

木立に囲まれたテントの向こうでは，稲穂が炎天下で風に揺れている。木々の密集した枝葉を通ってくる熱風は，

涼感を含んで肌になじんだ。

　束の間，眠気を覚えたとき，たぶん頭を叩かれた男性の妻と思われる，若い女性が私のもとに来て，供え物に敷く半紙のようなものを手渡した。伝言があって，こう書いてあった。**「お正月をして居ます。若水迎えをして居るところですから，水を迎えに行っている年男だけでなく，邪気を払うために，みんな口をつつしみ，黙って居ります。ご協力を，乞い願います。一同」**。

　そういうことならば，私はもう退散した方がいいかもしれないと思った。急げば，次の列車に間に合うはずだ。半紙の裏にその旨を記して，近くに座っていた立派な顎鬚を伸ばした老人に回送を託した。老人が目を通してから，全員に渡った。**誰が書いたものか，ふたたび新たな紙が回って来て，「この日に，たまたま外からいらした来訪の方は，吉兆をもたらすと言われています。明日の朝までご滞在を切に乞い願います」**とあった。続けて二枚目が来て，「粗末なものですが，ご夕食，お部屋は用意いたします。後ほど，堂上という者が案内いたします」と前とは違った筆跡で書いてあった。

　堂上は集団の奥にいた私と同世代くらいの小柄な男だった。丸顔に大きな目が特徴で，ここから中国山系を越えた島根出身の元首相の容貌を思い起こさせた。縁由を守って，この人も沈黙を通した。

　案内されたのは無人となった古民家で，二十畳ほどもある居間の真ん中に寝ることになった。堂上との別れ際に，いったいこの村に何が起こって，正月をやり直しているのかと，疑問を走り書きして渡した。文面に目を通した顔に

思案気な表情が浮かび，軽くうなずいた。

　夜になると堂上が現われ，昆布の握り飯が二個とお煮しめ，茄子の漬物にお茶のペットボトルを運んできた。相変わらず口を開かず，盆の上の書き付けを手で示してから，立ち去った。**文面には，村は去年に続いて豪雨で大事な山が崩れ死者が出たこと，その山は長年にわたって松茸の豊かな収穫があったこと，若い連中がつぎつぎと村を出ては行方がわからなくなっていることが書いてあった。**

　窓から涼しい風が流れて来たにもかかわらず，その夜，私は寝付けなかった。居間の大きな柱時計の動く音と，天井をネズミが走り回る音が眠りを妨げた。

　暗闇の中で天井を見上げ，ネズミたちの走る動線を頭の中で描いているうちに，黒々とした線で埋まり，ますます目が覚めてしまった。ようやく眠りこんだのは朝になってからだった。

　目覚めたのは昼近くで，柱時計の針は11時50分を指している。部屋の隅には前夜と同じ盆に，餅と鶏のささ身に三つ葉の雑煮，小さな重箱に野菜が中心のおせち料理，そして形だけのお屠蘇が並べてあった。

　私は空腹を覚え，一気に食べた。餅はすでに汁に溶けかけていたが，その歯ごたえも楽しむ気分だった。脇にお年玉袋のようなものがあり，開けてみると，紙片に**「謹賀新年。ありがとうございました。どうぞ，お気を付けてお帰り下さい」**と記してあった。

　村には人の気配がない。私は急いで駅に向かった。小走りになっている自覚はあるのに，足は動かず，暑さで汗が吹き出してくるばかりだった。

隙間のない蝉の鳴き声が暑さをますます煽った。

**公衆トイレに似た造りの白い駅舎が遠くに見え，折よく
列車も止まっている。**私は鞄を横抱きにして疾走し，ドア
の閉まる直前に車内にたどり着いた。

　息を整えてから，あたりを見回すと前日と同じ光景があ
る。席のなくなった女性が運転席の窓から行く手を見つめ，
ボックスシートの向かい合った席では男女が，「知っとる
かしらんけど，ミユキ係長，会社におるあいだだけで，三
回も歯磨きするんよ」と相変わらず賑やかな話し声をたて
ていた。

　隣の席の中学生は『マーガレット』を読みふけっている。
高校生たちも大きなスポーツバッグを枕にして眠りこけて
いた。**「席が空きましたから，どうぞ」と私は立っている
女性に声をかけたが，今度も会釈だけが返ってきた。**

　しばらくして私は元の席に戻り，窓外を流れていく夏の
雲と山あいの家々を見つめながら，溶けかけた餅の入った
雑煮の味をしきりに懐かしんでいた。

　掌編はここで終わる。タイトルにある「はやり正月」とは，
災害など凶事のあった年に厄払いの意味で正月を迎え直そ
うとする，臨時に設けられる村落共同体の休日のことだ。

　青木玉が祖父の幸田露伴から聞いた話として，明治のあ
る時期に「勝手正月」（『上り坂下り坂』）があったことを
書いている。真夏に紋付袴で人を訪問したり，年賀状を出
したりしたという。これは遊び心から各自が勝手にやる正
月で，「はやり正月」とは異なるだろう。

私もかつて一度だけ芸備線の三次方面から広島行きの列車に乗ったことがある。沿線に沿って山と川が交互に現れては遠ざかっていった印象が浮かぶ。舞台になっている場所はどのあたりか，記憶をたどっても手応えのないまま車窓の風景がぼんやりと行き過ぎるだけだった。

　小さな旅を経験したような気分で，また読みかけの本を開き，「はやり正月」の紙を元のページに戻した。「どこに行こうと，不運が本を待ちかまえている」と『書物の喜劇』は述べている。「日光は退色を引き起こし，粗悪紙に印刷されていれば，紙は黄色く焼けてしみだらけになる。絶えてページの開かれることのない本でも，背や角は解（ほど）けたり破けたりする。誰も読まない本であっても，大掃除で処分されてしまうことだってあるのだ」と。

　私の『書物の喜劇』だって，明日から同じ「不運」が始まるかもしれない。今回を最後に，もはや二度と開かれることのない本となり，やがて商品価値を失って廃棄され，溶解処分にされる。139 ページに挟みこんだ「はやり正月」も，この本と同じ運命をたどることになるだろう。私としては，それもまた喜劇的な結末なのだと考えたい。

*

　このように，「はやり正月」を抜き書き，転用した結果，はたして重さに差異は生じたのか。それを確かめようと，ノートに手を伸ばした瞬間，その拘りが空騒ぎめいたものに感じられ，そうなると自嘲の意識が肥大しはじめ，何もかもが滑稽なことに転じて，たちまち身の力が減衰さえするように思えてしまっ

た。

　すると意外なところから，回復への呼び水が沁み出した。な
んのことはない，元の「はやり正月」にはなかったのだが，今
回の「書物の喜劇」の文末に追加した文，「私としては，それ
もまた喜劇的な結末なのだと考えたい」である。自分が口走っ
たこと，書いたことが呪文として暗示的に作用し，新たな事態
を引き寄せることはよくある。先に述べた「消滅のテーマ」を
出し抜くような展開に出会ったのである。それもまた喜劇的結
末と言っていいかもしれない。

「はやり正月」を転写するにあたって，先に引用したように，
新たな創作ヴァージョンではたまたま手に取った『書物の喜
劇』に差し挟まれていた薄紙の発見があり，そこに掌編の印字
があったと設定したのだった。ところが，まさしくその企みを
パロディ化するような新たな出来事に遭遇したのである。

「はやり正月」が書かれたブラック・ノート 2 冊目 103-130 ペ
ージの 4 ページ先に，手のひらサイズの大判の付箋 Post-it が
数枚重ねで貼ってあり，「はやり正月」の読解が試みられてい
るのだ。同じように紙片が挟んであったのだから，確かにパロ
ディ的な出来事とは言い得るだろうが，今となっては，むしろ
喜劇的な罠（トラップ）に掛かったように思える。

　誰が読解したのか明示されていないが，紙の右隅に「歴史学
者 H・J さんからの読解メモ」とある。笠間保がどのような関
係からこの歴史学者のコメントを入手したのか不明だが，楽し
く示唆的な文面を追った。

＊

〈H・J氏のコメント〉

「はやり正月」についての寸評です。読者に知的なゲームを挑むような，虚実が巧みに組み合わされた内容で，没入しつつも，安易な感想を述べることが憚られる緊張感もあり，いずれにしても楽しい時間を過ごさせていただきました。

最初は，車内の若い男女三人の描写に唸り，些細な事柄が醸し出す複雑さに，語られない人間関係をいろいろ想像したり，語り手を誘う笛と太鼓に最近のネットロア（インターネットで流布しているフォークロア）を連想し，なぜ境界の入口は笛と太鼓なのかをいろいろ考えてみたりしましたが（太鼓については以前，拙稿「里山考」でも言及しました），何度か拝読するうちに，やはり文章の技巧面に惹きつけられました。

掌編「はやり正月」の文面のうち，作者が補ったかすれた印字箇所には，何か意味があるのだろうか。本当に「かすれていた」ものならば，文や語句の途中であってもいいはずですが，ゴチック体の箇所は，それぞれに文として完結しています。試みにそこだけ抜き出してみると，意外にも，物語の始まりと終わりに，運転席から外を眺めるか細い声の女性の存在が，大きく位置づけられていることが分かりました。この物語自体が，日常の疎外と歪みのなかで彼女が垣間見た，束の間の幻想であったのかもしれない。作中，語り手が現実＝車内で関わりを持つのは，この女性だけです。

小説としての構造上，われわれは語り手の目線で世界を見せられていますが，その語り手は彼女だけにしか見えていない，彼女が創り出したもうひとりの自分，日常をリセットする「はやり正月」そのものなのかもしれない……と，そこまで考えまして，ようやく，そうか，語り手自身が御歳神であったのか，

76

と想到した次第です。

　この種の物語では，村落の出来事自体がひとつの幻想のように，あるいは異域の出来事のように扱われるのが通例ですが，この掌編では，語り手自身が，村のはやり正月で迎えられた来訪神だったのではないか。それゆえに彼は，「祭り囃子に誘われ」神社に辿り着き，一連の神事をみて，一夜の饗応を受ける。神饌を食して再び送られ，帰途に就く。

　村人は，彼が神であるゆえに，直接言葉を交わさない。そもそも，彼が乳業メーカーに行こうとしていたのは，丑年の御歳神として祝福を与えるためかもしれない。あるいは，電車に貼られている観光ポスターの示すように，彼は伊勢からやってきた御食津神なのか。そして作者も電車の乗客としてすれ違い，どこかへ消え去ってしまうはずの御歳神を迎えることができたということか。それは書物の神，小説の神，創作の神でもあったのでしょうか。

　アタッシュケースの中身は何なのか，橋だけあって描写されない川の意味するものは何かなどなど，まだまだ疑問はありますが，ちょっと話が野暮になってきましたので，これくらいで止めておきます。しかしやはり，小説の可能性をあらためて痛感させていただいた印象です。自分もまた創作を書いてみたくなりました。

＊

「はやり正月」を充用したのは，うかつだったかもしれない。歴史学者の術中にはまった感じがするからだ。しかし，とりたてて後悔の念が湧かない。それどころか，この分析的読解がじわ

77

りと説得力を持ち，愉楽さえ覚えさせるのは，こうした試み自体が作品のように思えるからだろうか。神話的な含意は言うまでもなく，この物語が細い声の女性の「垣間見た，束の間の幻想」ではないか，なぜなら「語り手が現実＝車内で関わりを持つのは，この女性だけ」であるという指摘なども，おそらく書き手自身すら気づいていないことだろう。転用した私も同じだ。

　語り手の存在の超越的な役割の解読など，さすがに歴史家は大きな文脈を持っている。人物の持つ含意の読み取りに説得力があって，新たな読みを誘発されるに違いない。しかし同時に，これを読んで作者の笠間保は「なるほど，そうだったか」と膝を打つ思いがしたであろう。なぜなら書き手は自分の書いたものに，しばしば無知だからである。読み手の方が作品に通じていることがよくあるのだ。

　ここで示されている読解の面白さは，作者があらかじめ意図して，多義的な意味を仕組んだ結果ではないだろう。大きなプロットのようなものがあるにせよ，書きながらそのつど，話の方向が決められ，たびたび思い直して検討し，なおかつ細部に宿るイメージを追って言葉を引き寄せ，行きつ戻りつほとんど閃きと勘だけで書き進めたのだ。進行して初めて物語が動き，イメージも湧き出す。作品の詳細な情報をあらかじめ書き手は持ってはいない。したがって，書くとはあらかじめ失われた空白をこつこつと埋めては掘りおこし，また埋め戻すような徒労を愉楽とする行為なのであり，まことに特権的な愚鈍さに貫かれた作業であろう。

　ただし，書く営みをこうした創作意識で一元化するのは狭隘であることは承知している。フォークナーとか石川淳は，ペンとともに考える作家だったが，その対極に屹立するのは，ジェ

イムズ・ジョイスの『フィネガンズ・ウェイク』となるであろうか。

　ヨーロッパ各国語（一部，日本語もある）を合成したジョイス語で書かれた超絶的な言語創作物は，すべての表現に多義性が仕掛けられ，読者に向けて解読を挑発する。この小説の意味作用の全容は，作者によって隈々まで周到に統御されている。この点から言えば，まことに怜悧で聡明な文業なのだ。ちなみに，この小説の最初の邦訳書（『フィネガンズ徹夜祭』と題し，全体の五分の一ほどの訳）の企画と編集に携わったのは，出版社（都市出版社）勤務の時代の私であったが，果たしてどの程度この難物を理解していたか，今でさえ実に覚束ない。というか，「理解」という読書体験そのものに根本的な問いを突き付ける小説なのだ。

　この時の訳者の一人であった柳瀬尚紀はおよそ二十年後にこの奇書を全訳する事業を成しとげた。遊戯性にあふれた重層する意味を精緻に解読し，表意文字としての漢字の特性を駆使したアクロバット的な翻訳で，例えば密かに織り込まれたアイルランドの川の名を，中小に及ぶ日本の河川に置換したりしている。原書の解読には言語能力に加え，詰め将棋を解くような理を分けることに長けた分析力が必要だ。柳瀬は文意の論理的読みの強者で，将棋にも卓越した能力を持ち，プロ棋士とも渡り合うほどだった。作者が仕掛けた意味の多重性を解析し，意味統御の貫徹したテクストの味読へ進むのは，運用する言葉の情報量の多さに加えて数理的な思考を持つ者だろう。

　ナボコフの小説にも同じことが言えるかもしれない。『ロリータ』一作をとってみても，古今の文献からの引用，パロディ，転義など精巧な修辞的な仕掛けを凝らした作品であるからだ。「ロリコン」なる言葉の出所の小説として，中年男の十二

歳の少女に対する〈萌え〉が，危うい性愛場面を繰り広げるなどといった期待を裏切る知的工匠に富む小説となれば，犀利（さいり）な読解に挑戦する読者を選ぶことになるかもしれない。

　ところが，読み進めながら脇道にばかり見惚れる私のような遅鈍な読者もまた祝福されるのが小説なのだ。何よりも充実した細部描写を作者のもくろみからそれて楽しんでしまう。まさしくこうした脇道に逸脱していく読解行為の現実こそ重要なのだと思う。作者が何ら意図的な意味の方向性を想定していないにもかかわらず，気まぐれな読みの動線を作りながら，ある細部に心惹かれて立ち止まり，情緒的な愉楽に身を置くような読書の実態だ。

　作者によって多義的な言葉の遊戯性が周密に仕組まれた『フィネガンズ・ウェイク』のような小説でさえ，気分の迷走と化した読書はあり得る。『ロリータ』となれば，些末であるが故に忘れがたい例がすぐさま思い浮かぶ。ハンバート＝ハンバートとロリータが泊まった安モーテルの壁を伝わってくる隣室のトイレの水音がナイアガラ瀑布となって落下するとか，アメリカの田園風景への懐かしさが，ペテルブルグ郊外での幼年時代，育児室に下がっていたアメリカ製の壁掛けに描かれた平原の風景に起因するとか。

　作者が多くの文学作品から充填（じゅうてん）した引喩や修辞的多義性に，読者が必ずしも応接せず，鈍感で呑気に見逃したにせよ，蔑（さげす）まれることはない豊潤なテクスト的相貌を持つ作品こそ傑作の条件となろうか。さらに言えば，テクストの脇筋の些細な場面やイメージに気を取られる遅鈍な読み手こそ，およそ厳つい実験的手法への自意識を欠いた身辺雑記風の凡庸な私小説でさえ，めざましく豊かに，図らずも多義的に読んでしまうのだ。しか

80

もそうした些末なイメージの表出部分が，仮に批評的な言辞で説明されなくても，作品の意外な磁界につながっていることさえある。

　H・J氏の評言に促されて長々と書き綴ってきたが，いま改めて「はやり正月」を読み返したところ，不意に気に留まった細部がある。語り手の「私」が広島行きの列車を待つ退避駅で水を求める場面だ。

　　　自動販売機には，なぜかコカ・コーラのライバル社の奥大山の天然水があった。飲むにつれて冷水が胸の中に沁みこむ。

　読者もにわかに喉の渇きを覚えて，水を飲みほしたような気分になる。冷たい感覚が胸に広がるだろう。しかし，ここに何かマジックが潜んでいるようだ。気になるのは「奥大山の天然水」である。大山は中国地方の最高峰の霊山として古くから多くの信仰を集めてきた。ここの水を飲むことを結節点として，「私」は異界に参入し，空間と時間の反転のうちにタイムトラヴェラーとなったのだ。

14　エロティックな出会い──ある夢想
（2冊目，134ページの大型付箋 Post-it の裏面）

　戯れ事と言いながらも，気になっていたブラック・ノート二冊目の重さの手ごたえは，結局どうなったか。どうやら微妙な重みは，H・J氏のコメントの紙片が加わっていたせいではな

いかと思い到った。ただし，物理的な重量ではなく，書かれた内容の質的な重みのためだ。そう感じたのは，大判付箋の一枚目の裏面にも細い字で次のような文章が残してあったからだ。

〈エロティックな出会い──ある夢想〉

　読書がテクストを触知するエロティックな出会いとなる経験など，夢想に過ぎないかもしれない。テクスト＝ボディを相手に，その姿態の肌触りと反応を確かめながら，全身に遍在するツボというか，利き所をくまなく愛撫していく。するとテクスト自ら歓喜の声を上げる脈所に到る。その極点の発見に呼び覚まされた気分の昂揚をはずみとして，さらに感じやすい急所（クリティカル・ポイント）との出会いを果たすのだ。このときもはや相手の快楽と読み手の快楽の区別は曖昧に溶け，姿態自体の存在も忘却されるだろう。ただ行為のみが現出する。

〈寸感〉

　読書行為について記された文であるが，読書術とはすなわち交合術の謂というわけなのであろうか。はっきり根拠があるわけではないが，このややテンションの高い批評文はどうも笠間保の記したものではないと思う。ならば，出典は何か，貸出ノートも確かめてみたが見当たらない。めぼしい読書論に当たってみたものの，突き止めることはできなかった。こうした疑わしさが容易に解消できなかったのは，付箋ではなく 2 ページ先のノートに，少しぎこちなくはあるが，この文の続きとも読める，似た調子の批評文を見つけたからだ。

15 無題

（2 冊目，136 ページ）

H・J 氏のコメントをめぐる私の主張に，あたかも先回りし待ち伏せしているかのような文意で，出典への疑わしさに屈折した思いが加わった。というか，何やら苦笑を抑えがたい居心地の悪さを感じてしまったのだ。

　　ロラン・バルトは，身体の中で最もエロティックなのは，衣服が口を開けているところだと言っている。たとえば，二つの衣服の重なるところ，半ば開いた肌着や手袋と袖のように二つの縁の間にちらちら見える肌の「出現─消滅」の儀式だ，と（『テクストの快楽』，沢崎浩平訳，みすず書房）。ことによると文学テクストの「口を開けている」多感な窪み，感応の空隙もあるではないか。
　　そうした空隙，透き間，開口部，すなわち感応の細部というものは，あらかじめ定置されているのではない。したがって，文学テクスト＝感応的姿態として示された比喩の限界は，テクストのツボがやがて発見されることを前提に，一定の場所に隠されているかのごとく，静態的に描き出されてしまうことだ。これだとテクストのさまざまな仕掛けの工夫にもかかわらず発見にいたらぬ読み手がいる場合，書き手から勘所（かんどころ）のおさえが悪い遅鈍な読者として，嘲弄（ちょうろう）や侮蔑または鈍感さへの憐憫の対象にされたり，ときに作者または作者の意図に敏い怜悧（れいり）な物知りの読者から，もったいぶった口調で解説を受けたりするありふれた構図を作り出す。感応のツボを探り当て，意外なところで意想外の気

83

分を喚起する細部の驚きは，読み手の一人ひとりの「出現
─消滅の演出」の運動性によって立ち現れるのだ。

〈寸感〉
　私が言いそうなことを，あらかじめ網を張って誘導したよう
な主張を記している。ここでも，笠間保の書いた文ではないと
推断してしまうのだが，これは冷静に考えれば，先回りされた
ことに対する私自身の寝ぼけた（実際，少し前まで微睡んでい
た）対抗心からくるものかもしれない。だが一言付け加えるな
らば，作中に手の込んだ仕掛けをする怜悧な作者に向けて，ま
たそれを読み解く聡明な読者に向けて，いささかなりとも反感
をいだくとすれば，その人たちの経て来た一朝一夕には到達し
えない精励の成果であることを忘れてはならないだろう……と
何やらありきたりの訓戒めいた口調になってきたが，そもそも
これは誰を相手に述べているのだろう。私自身にか，H・J氏
にか，それとも未知の誰かになのか判らなくなってきた。眠気
には逆らえないし，今日はこのあたりでノートを閉じる。

16　孤影
　　（5冊目，4-5ページ）

　都営大江戸線で蔵前に出かけ，小さな会議の後，厩橋から駒
形橋へ墨田川沿いを歩いた。ここまで微かに潮の香を含んだ風
が上ってくる。途中，割烹店の前に西日を避けられるベンチが
あったので，ブラック・ノートを開いた。持参したのは五冊目，
最初のあたりにモチーフのみを走り書きしたと思えるページが

84

目に入った。以下，全文を記す。

　〈孤影〉
　小津安二郎のこんな俳句が目に入りました。
「何処かに夕立ありし冷奴」
　たぶん映画の一場面のために備忘録的に詠んだ句でしょ
うか。カメラでスナップショットを撮り，ストックしてお
くことに似ています。いや，そういう目的があったわけで
はなく，ただ楽しみとして作句していただけのことかもし
れません。
　昔知り合った一人の男の姿と二重写しになりました。と
言っても，頻繁に会ったわけではないし，今はどうしてい
るかもわからないのですが。
　夕刻の近いころ，還暦を過ぎた年頃の男が一人，小料理
屋で冷奴をつまみにして酒を飲んでいる映像が浮かぶ。男
の背は孤影を曳いています。深酒をする時間ではないし，
酒に強いわけでもありません。家族は一人，娘がメキシコ
にいて，小さな画廊を開いていると聞きましたが，長い年
月会っていないようです。三十歳半ばで亡くなった妻の連
れ子で，血がつながっているわけではないけれど，必死で
育て上げた自負だけはあると呟いていたことがあります。
過去を語ることは一切やめたとも。話し出すとあまりに長
くなり面倒だから。今も昔も売れない大部屋の俳優で，若
い頃一つだけ台詞をもらった役があったらしい。パチンコ
屋から出てきて，「たまには，いいこともなくちゃなー」
と笑顔で呟く。私はその映画を見たわけではなく，男から
聞いただけです。知り合ったのは，私が松竹でスチール写

真を撮る仕事のとき。寒い日で，熱いウーロン茶の缶を「どうぞ」と一言，不愛想な口調で手渡してくれました。

小津安二郎の句，一見すると質素に思える句ですが，読む者は五感のすべてをさわさわと刺戟されます。意外にも豊かな感覚的な句義をもっている気がします。

年を重ねた男が，夏の午後，ポツンと窓際の席に坐して冷奴を食している。店の窓は開け放され，微風が通り抜けていく。どこか遠くで夕立があると，風の気配でわかるものです。わずかに湿った匂いを空気が運んできて，肌に感じる。小さく遠雷の轟が聞こえる。その中で，男は静かに一人，奴に切った白い豆腐を味わっています。慌てる気配はない。もはや男には急ぐことなど何もないのでしょう。やがて黒雲が店の上空に到来し，急峻から流れ落ちるように雨が降り注ぐ。激しい雨音にも男は姿勢を変えず，あたかも影そのものになっているかのようです。

いま私も部屋の窓を開け，遠くから近づく雨の気配を肌に感じています。沙羅の高枝が揺れ始めました。

〈寸感〉
確定的なことを言えるほどノートを読み進めたわけではないが，笠間保が知人に触れた文章の数少ないものの一つかもしれない。どこで見つけたのか，珍しい小津安二郎の俳句に，大部屋暮らしだった俳優の姿を重ねている。男には人生の起伏のドラマがありそうだ。

俳優を志したのはなぜか，どのような経緯で妻は若くして亡くなったのか。妻の連れ子の娘との生活は，どのようなものだったのか，その娘がメキシコで画廊を持つに到ったが，なぜ音

信不通の状態なのか。いずれも物語にするつもりで書き記したのかもしれない。どちらかといえば，ブラック・ノートには奇想めいた話が目につくが（私自身の関心の向け方と話の拾い出し方に起因するのかもしれないが），人生の陰影を覗かせる物語の残映にも心惹かれる。

　こうした回想を短く記すきっかけになったのが，小津安二郎のまことに簡素な素人芸ともいえる俳句だったことは面白い。何に刺戟されたのかと推察してみると，笠間自身が指摘しているように，この句の図らずも内包する豊かな感応性に違いない。

　意識は「何処か」遠くの「夕立」に及ぶ。一人坐す人物は，湿り気を運んできた風のかすかな匂いを肌に感じとる。雷鳴の予感。冷奴豆腐の白とひんやりした柔らかい感触。葱，生姜，茗荷，山椒の葉，鰹節などの薬味を加えれば，さらに味覚や彩りは豊かになる。奴豆腐の謂れを知る人ならば，武家の雑用係の奴さんが，トレードマークとして着物の筒袖に染め抜いていた「白く四角い」紋まで想いおよぶかもしれない。

　一人の孤影を曳くような男の姿。目の前の卓上から湿った空気の運んでくる遠い空の夕立の気配まで，俳句的瞬間の切り取るコズミックな体感の豊かさ思えば，この凝縮された五，七，五の十七音の放つイメージの喚起力を無下にするわけにはいかない。

17 アネモネの花が開く（仮題）
（5冊目，6ページ）

続けてページをめくると，最初に詩の一節が引用してある短文がある。長い物語にしようとした形跡は感じられない。借り出した本は明記してある。タイトルはないので，仮題をつけて全文を引く。

〈アネモネの花が開く〉

　装幀に惹かれて借りた『ペトラルカ恋愛詩選』（岩崎宗治編訳，水声社）を眺めていると，巻末の訳者解説に，リルケの詩が引用してあった。『オルフォイスのソネット』第二部・V（高安国世訳）からだ。「次第次第に」の漢字の連なりが気になるが，こんな詩だ。

　　　アネモネの，草地の朝を次第次第に
　　　ひらいてゆく花びらの力よ，
　　　やがて高らかに明け渡った空の多音の
　　　光が花のふところまでふりそそぐ。

　花びらは筋肉に渾身の力を籠め，草地の朝に開いていく。空は明け渡り，光が花の奥へと降りそそぐ。花開くことは，「多くの世界の決意であり力」（第三連）なのだ。この最初の一連を読んで，ふいによみがえった光景がある。

　三十年ほど前になるが，私は翌年の花カレンダー用の撮影のため，静岡県の藤枝市へ出かけた。行き先は多種類のアネモネを栽培している園芸農家で，早朝に着いた。蕾の

開く写真を撮りたかったからだ。紫色の花に狙いをつけて接写した。蕾は鶴が首を垂れるような姿でうなだれているが，陽射しが強くなるにつれて，もたげてくる。

　私はカメラを構え，アネモネの蕾を間近で見ているうちに，ふいに花びらに耳を寄せ，目を閉じた。すると開いていく紫色の花びらに集中した力が，ぎしぎし，がっがっ，ぎゅっぎゅっと軋む音が，だんだん大きく鳴り響き，空へ向かい，宇宙へも轟く叫びとなって立ち上った。

　なるほど「世界の決意であり力」であるに違いないと今にして思う。しかし，私がその時に感じたのは，世界を鳴り響かせる花の叫喚への怖ろしさだった。

　花びらの開いていくどよめきがいつまでも頭の芯に残り，この我が身に居座った恐怖心に幽閉されて，私はしばらく仕事に身が入らなかった。

〈寸感〉

　笠間保がどのような人物か，少しわかった気がする。仕事ができなかった困難な時期と娘の成長期の葛藤が重なってはいなかっただろうか。そうだとすれば，どのように折り合いをつけて過ごしたのか気になる。いや，笠間に娘などいたか？　先の大部屋俳優の話と私は混同しているようだ。しかし，たまたま思い違いをしてみると，笠間はその男に仮託して自分自身のことを述べたように感じられてくるから妙だ。

　ところで，紫のアネモネの花言葉は，「信じて待つ」とのこと。またアネモネの花びらに見える部分は，ガク（萼）であるという。両者が類似して区別しにくい場合，「花蓋」と総称する。多彩な賑わいを持つアネモネは，花も葉も枝も毒性があり，

切る際に液汁が手などに付着すると，かぶれや水疱疹（すいほうしん）などの疾患を招くらしい。しかしこれらのことは，笠間保のアネモネ体験と結びつくような比喩的な意味はとりたててない。それよりも，笠間の文章の「液汁」に「かぶれ」を起こしている私自身の混迷ぶりを暗喩している気がしてきた。

18　デイヴィッド・ヒュームの箴言
（5 冊目，6 ページの欄外）

　アネモネの話のあるページの欄外に小さな字で箴言風の文が書き付けてある。コメントもなければ，筆者と出典の記載もない。

　　　悲嘆と失望が怒りを生じさせ，怒りが羨望を，羨望が悪意を，悪意がさらにまた悲嘆を生じさせ，かくしてこの因果の円は一巡りする。

〈寸感〉
　これはどの名言名句事典にも載っている，十八世紀スコットランドの哲学者デイヴィッド・ヒュームの『人性論』の中の言葉だ。誰の訳を使ったのかは不明。『人性論』を借り出した記載がないので，いずれかのアフォリズム集を見たのだろう。
　どのような心境を託して引用をしたのか，ほぼ察することができる。というよりも，誰でもが経験のある「因果の円」であろう。このやっかいな心の循環運動のゆえ，ヒュームが別の箇所で言うように，「心は一種の劇場」なのだ。しかし，悲嘆と失望が，怒り，羨望，悪意へ向かって動き出すと，奇妙に気分

が活気づいてくることもあるのだ。気持ちが昂揚し，冗舌となり，立ち直る兆しのような錯覚さえする。皮肉なことに，こうした心的状況にあったときほど，書くことに向かって衝き動かされる。笠間保が四十冊にも及ぶブラック・ノートを残した事実も，これと関りがあるかもしれない。

19　伏線（仮題）
（7 冊目，23 ページ）

　私が読んだ記憶もなければ，所蔵していることすら忘れていた本からの引用にもときに出会ったりする。彼自身の持っている本かもしれないと思いながら貸出ノートを確かめると，乱雑な字ではあるが確かに記録がある。『文藝辞典』がその一つ。現物も古い辞典類の中から見つかった。以下は引用全文だが，タイトルはないので，「伏線」としておいた。

　〈伏線〉（仮題）
　　昭和三年に春秋社から発行された『大思想エンサイクロペヂア 29・文藝辭典』を眺めていた。思想百科事典の別巻として出たものらしく，奥付に「非売品」とある。たまたま開いたページで，「伏線」の項目が目に入った。
　「小説，戯曲，詩歌等の作法上の一技巧。後に起る事柄の下構とする語句。簡単な例でいふと，『彼は欠伸をした，暫くして，もう寝ようかなと言ひ，やがて寝室に入った』とあれば，寝るといふことに對して，欠伸をしたといふのが伏線になってゐる。即ち欠伸をしたといふ事は後に寝る

91

といふことを豫め暗示し，且寝るといふ事を突發的でなく
自然に感ぜしむる」

　「欠伸」が「寝る」ことの伏線とは，まことに判りやすい
説明だ。私はそこに心穏やかな感動を覚えた。

〈寸感〉

　この伏線の例示には，笑いが漏れ，嘲笑する者がいてもおか
しくない。現に，私自身も何やら落ち着かない気分になった。
こうなると，日常のあらゆる行為が「伏線」なのであり，「彼
は新聞を持って立ち上がった」にしたって，「トイレに長逗留
する」行為の伏線であると言いたくなってしまう。いや，もう
言ってしまった。ところが，笠間保はそうした大方の皮肉や
嘲弄とは一線を画す。むしろそれこそが笑いが浮かびそうな，
常套的反応なのだと言わんばかりに，判りやすい点こそ「心穏
やかな感動を覚えた」と言う。あまりに単純な例示であるがゆ
えに，かえって判らなくなっているとは断じない。そこが私と
は異なる点だ。しかし，字義通り受け取っていいものかどうか。
笠間の素直な物言いこそ，アイロニーを隠している可能性だっ
てあろう。そうであるならば，これこそ何かの「伏線」かもし
れない。

　ちなみに，「アイロニー」を同じ『文藝辞典』で確認してみ
たところ，「其言ふ所とは反對の意味を含ませた言葉を用ゐる
ことで，普通賞賛，禮儀ある言等の装ひの下に，諷刺，嘲弄
の意を傳へる。其諷刺，嘲弄を受けても其受けた者が怒るに
怒れず，喜ぶに喜べないやうにすることがアイロニーの目的
に他ならない」とある。「怒るに怒れず……」の後半部が面白
い。言われた当事者ならば，気持ちが揺らめくであろう。ただ

し，笠間の言に重ねるほど大事に考えることではないかもしれない。いずれにせよアイロニーと受け取りさえしなければことは簡単だ。アイロニストの敵は，発話を素直に解釈し，言葉への屈折した自意識のない者たちである。こんなふうに記すうちに，「欠伸（あくび）」は出ないにせよ，意識が朦朧として，根気がうすれてきた。

20　火事に酔う
（11 冊目，21-37 ページ）

　最初に火事の光景の出てくる小説が列挙してある。引用はそれぞれ一行のみで，何を共通の基準としたものか判然としない。「火事に酔う」というタイトルのついた創作のモチーフを誘起したものなのだろうが，引用文に関する限り直接的なイメージに結びつくものはないように思える。はたして何のための引用だったのか，判然としないままだ。それらの文を連結していくと，火移りにも似た炎の競演に思えたりするが，何しろ一行なので，小火（ぼや）まではいかないにせよ炎上の盛観には遠い。続けて，笠間自身の体験によると思われる短編を読んでみたが，〈あらまし〉として示したように，これもまた不完全燃焼のような未完の一作だ。

　　「油が流れて，薄い羊皮紙に，火はたちまち燃え移り，枯れ枝の束みたいに燃え上がった」（ウンベルト・エーコ『薔薇の名前』河島英昭訳）
　　「火は藁の堆積の複雑な影をえがき出し，その明るい枯野

に色をうかべて，こまやかに四方へ伝わった」（三島由紀夫『金閣寺』）

「切れぎれになった炎を風が高い方へ運んでゆき，少年たちは叫びながら火の向こうに姿を消した」（フラナリー・オコナー「火の中の輪」横山貞子訳）

「ゆるやかに渦をまいてピウラの空に立ち昇っていく灰色の煙の中に，鋭い刃を思わせる紫色の炎がのぞいていた」（バルガス゠リョサ『緑の館』木村榮一訳）

「彼はその場に居合わせなかったが，彼女が，悪夢の人形のように，声も立てず，口もとにすこし泡をふいて，陽に照らされた顔を，家が崩壊してめらめらと燃えあがった最後の真紅の炎に照らされてひときわ赤くしながら，もがき争っているのが，眼に見えるようだった」（ウィリアム・フォークナー『アブサロム・アブサロム』大橋吉之輔訳）

「草花や雑草が，石や焼け落ちた垂木のあいだのあちこちに伸びていた」（シャーロッテ・ブロンテ『ジェイン・エア』小尾美沙訳）

「映画のフィルムから火が出たとか，見物の子供を二階からポンポン投げおろしたとか，怪我人はなかったとか，今は村の繭も米も入っていなくてよかったとか，人々はあちこちで似たことを声高にしゃべり合っているのに，みな火に向かって無言でいるような，遠近の中心が抜けたような，一つの静かさが火事場を統一していた」（川端康成『雪国』）

「遠くに赤い火が見えようものなら，手もとのことを何もかも放り出して，とにかく駆けつけなくてはならぬような，気楽さを覚えるものだ」（古井由吉「火事息子」）

〈あらまし〉

　タモツ少年五歳。岡山市，柏木町。小さな借家に叔父家族と同居していた。父親は四か月前から，奥の小部屋で病に臥せったままだ。ときどき咳きこむ声が聞こえるが，いつもその部屋は異様な静かさに満たされている。

　庭の前にジャガイモ畑が広がり，その向こうから大通りのざわめきが伝わってくる。初春の夜，タモツを含めじ人の従兄弟（従姉妹）たちが庭に並び，通りを過ぎる花電車を眺めている。車体に赤や黄色の組み紐を波打たせ，窓に花飾りをした上り方面の路面電車がごとん，ごとん，ごとん，ごとん走っていく。

　子供らは歓声をあげ，下り花電車の登場を待つ。やがてごとん，ごとん，ごとん，ごとん，賑やかに着飾った花電車がのんびりと警笛を鳴らして過ぎていく。車内の明かりもいつになく華やかに映る。

「もう家に入りなさい」という叔母の声に，子供たちがしぶしぶ従って玄関が密集状態になったとき，大通りの方からボンという破裂音がした。子供たちはいっせいに庭に戻り，音の方向を見やった。大人たちも飛び出してきた瞬間，なお大きな爆音がして火柱が上がり，黒煙も立ち昇った。「早く隠れろ」と叔父の叱責の声で，タモツは焚火用のドラム缶の蔭にしゃがみこんだ。

　大通りを見ると，示し合わせたように二台の花電車がのんびりしたスピードで擦れ違っていき，炎の明かりで照り映え，まるでひとときの楽しみで火祭りにはせ参じたかのようだった。何台もの消防車が現場を取り囲んで放水を始めたのは，しばらく後だった。煤が降り，同時にゴムの焼

けた臭いが風で運ばれてきた。「タイヤの倉庫じゃね」と誰かが言った。いつの間にか近所の住人たちが庭に集まった。

　火は見えず，煙ばかりが吹き上がり，鎮火は早かった。タモツは安堵ではなく，落胆を覚えた。もっと炎が右へ左へと揺れ，空気が鳴り，天上に届く。初めて見る火事に，そんな光景を期待していたのかもしれない。災禍の意味がわからないので，火事のスペクタクルを幼く想い描いただけだろう。少し物心がついたはずの六年後，さらに欲求が強くなっていたからだ。

　タモツ十一歳。東村山市。空堀川をはさんでアパートの反対側に，Ｔ製菓の工場があった。後年，事業を拡大して群馬の高崎市に大工場を持つまでになったが，創業数年の当時は，金平糖とタマゴボーロが主力商品だった。二月の夜，強風がようやく収まりかけたとき，火事現場に向かうサイレンが次々と近づき，外に出ると川向こうに消防自動車が列をなして集まっていた。出火場所はＴ製菓の工場棟あたりだったが，狭い道路なので数台しか接近できない。強風の余勢で火は横になびき，たちまち倉庫に燃え移った。小さな炎が内側から膨れ上がり，それを覆うように激しく大きな炎が下から噴出し，夜空に駆け上った。それが何度も繰り返され，ゴーゴーと響く音が空からだけでなく，地を伝わってくる。

　火事だ，これが火事なんだ。タモツ少年は川沿いの金網のフェンス越しに，気持ちをいきり立たせて眺めていた。その興奮の頂点に達したとき，まるで悪寒に襲われたように震えがきて，温かい液体がズボンの中から靴の上に流れ

落ちた。必死に止めようとしたとき，温かい風が香ばしい砂糖菓子の溶けた香りを運んできた。香りを味わい，緊張がゆるんで前にも増して勢いよく放尿した。

　以来，タモツは火事の現場に居合わせた経験はないのだが，消防自動車のサイレンを耳にするたびに，尿意が刺戟されるようになった。それは成人になるまで続き，実際に失禁したことはないものの，一度だけ山手線内で危うい状況に遭遇した。

　二十二歳の冬，タモツはマルク・シャガールの自伝『わが回想』を読んでいた。小学校に通い始めたころのある日，画家はひとり川で水遊びをしていた。するとユダヤ教寺院から煙が吹き出していることに気づく。慌てて水から出て，服を取りに走る。次に唐突にこんな一行がタモツの目に飛びこんできた，「私は火事が大好きだ」。この率直な述懐に心が弾むや尿意をおぼえ，上野に向かうはずが西日暮里で慌ただしく下車した。

〈寸感〉
　最初の小包に同封されていた手紙の記載内容が正しければ，笠間保の実家は埼玉のピーマン農家だったはずだ。岡山の借家と東京・東村山のアパート住まいとの関係はどうなっているのか。あえて経歴的な整合性を求めず，この文は疑似的自伝文として読んでいけばいいのかもしれない。

　当初，引用文との関係がよく判らなかったが，改めて辿り直してみると，それぞれの火事のシーンが，「火事に酔う」の記憶を呼び起こすための，回想への火燧しのような役割をはたしているのかもしれないと思えてきた。とりわけ，古井由吉「火

事息子」の末尾にある「気楽さ」という，ぽっと置かれた言葉にそれを感ずる。

　私にとって少なからぬ驚きは，最初の岡山の火事のエピソードだ。これと極めて類似した出来事を私自身が函館で体験しているからだ。私の場合，年齢は五歳。父親が病を得たため，函館の叔父（父の弟）を頼って一家で東京を引き上げ，大家族で同居した。花電車も火事も覚えている。しかも町名が柏木町とある。調べると，岡山市に柏木町はない。正直言って，この符合は薄気味が悪い。まさか笠間保が私の記憶を追尾しているわけでもないだろうが。しかし，気味悪いといま口走ってしまったが，実は本音ではあるまいと自分に向かって呟く。むしろ楽しんでいるのではないか。ブラック・ノートから引用を試みるときなど，あたかも隠れん坊の鬼を見つけたかのように，嬉々としていることもあるのだから。

　束の間，そんな想念の寄り道をしたあと，念のためにシャガールの自伝を開いた。『シャガール　わが回想』（三輪福松・村上陽通訳，朝日新聞社）の 49 ページに該当箇所があった。「突然，反対側のユダヤ教教会の屋根の下から一筋の煙がふき出した。／モーゼの五書や祭壇が燃えて，巻物の悲鳴を聞いたかのようだった。／ガラスが壊れる。／早く，水から上がるんだ。／素裸で，梁を横切り着物を取りに走る。／私は火事が大好きだ。／火が四方から燃え移る。すでに空のなかばは煙でおおわれている。それが水に映っている。／お店が閉ざされた。／何もかもざわめいている――人々が，馬が，家具までも。／叫び声，呼び声，ごたごた」。火事に遭遇した少年シャガールの臨場感のあふれる情景の記述にあって，「私は火事が大好きだ」の不意打ちのような一行が躍動している。火事とはいえ，祝祭

98

的な気分が湧きおこり，これらのモチーフを配置していけば，あのシャガールの奔放な構図と華やかな色彩のほとばしる絵が出来上がるだろう。推測するに，笠間保はこのシャガールの文に活気づき，そこから逆算するかたちで，「火事に酔う」を書いたのかもしれない。

　なおこの文章には，いったん書かれたものの，朱字で消した一行がある。「翌朝，前夜の熱風で隣家の白梅がいっせいに花開いた」というもの。あえて迷いの痕跡を記す，いわゆる「見せ消ち」だろうか。真偽に関係なく，梅にせよ桜ににせよ，よく書き記される逸話なので消したのかもしれない。いま確かめることはできないのだが，大佛次郎が鎌倉の火事を伝えるエッセイで触れていたように思う。

21　いない，いない，ばあ
（15 冊目，9-10 ページ）

「私の記憶を追尾している」などと呟いたことが影響しているのかもしれない。引用をめぐって，どこかで読んだ覚えのある謎めいた文が目に留まった。たまたま目に留まること自体，何かに誘導されている思いがするにせよ，読んでしまった以上は楽しむしかない。以下，全文を記す。

　「いない，いない，ばあ」
　　学生時代，芸術学を専攻したもののほとんど授業に出ずに，それでも一年遅れで「引用論」の卒業論文を書いたのだが，覚えているのは，引用と「いない，いない，ばあ」

の遊びとがひそかに関係を持つと強引に論じたことぐらいだ。

　必ずしも文学作品とは限らないが，私たちが何かを読んでいるとき，まるで引用されるために待ち構えていたかのような一節に出会うことがある。こちらを見つめる視線。あらかじめ予感らしきものがあるにせよ，意想外なところから，ふと姿を見せる。偶然のような必然のような出来事だ。見つめられ，見つめ返す。気分の昂ぶり，嬉しさ，ときに安堵さえある。さらに期待をこめて読み進めると，また待ち構えている視線に遭遇し，見つめられ，見つめ返す。これが繰り返されるのだ。

　例えば，親が子供相手にする「いない，いない，ばあ」。親が顔を隠しては現われる遊びについて，R・D・レインの『引き裂かれた自己』（阪本健・志賀春彦・笠原壽訳，みすず書房）を援用して述べれば，親の消失と出現のゲームこそ，親の眼差しの不在はあり得ないことを子供が象徴的に納得する行為なのだ。子供にとって親に知覚されることは，自己が現前している証に他ならない。と言うか，見つめ，見つめられること，その知覚の相互的な出会いの瞬間こそ，子供のみならず親自身も自らの存在を実感するのだ。それには，見えない時間，待機する時間の不安と途惑いも重要な契機になる。

　読むこともまた，そうした自己の現前を相互に確認する，「いない，いない，ばあ」遊びなのではないか。そうだとすれば，強い感応力を放って見つめている文言に，読み手もまた眼差しを返す出会いの証が，引用という行為なのだ。読み手にとって濃密な意味作用を持つはずの隠れた見えな

い言句が，ふいに現れ，強い視線を送ってきて，引用へ招き寄せる。引用によって，互いに視線が交差し，自己が新たに立ち現れる。引用とは，そうした見る見られる眼差しのドラマでもあるのだ。

〈寸感〉
　大学での専攻は芸術学なのか？　やはり手紙で述べていたと思うが，笠間の大学での専攻はイギリス思想で，しかも単位未修得退学したはずだ。しかし，何が本当かといった問題は留保しつつ，そのつど事実の変幻を楽しんでいけばいいだけのことだろう。
　説得力の如何はともかく，ここで言われている引用は，視線と視線との相乗的な交感として考えられている。一方で，反駁や違和感の表明のための引用もあるはずだ。しかし，それをここであえて述べるまでもない。読書行為の持つ愉楽と感応的な心想こそを述べたいのだろうから。したがって，「『心中の声』に耳をすます」（20頁）や「エロティックな出会い──ある夢想」（81頁）と呼応していると考えるべきかもしれない。
　そう思いつつも，笠間の仕事を念頭に置くと，ことさらに連想がとんでしまうのだが，写真における引用はどうなるか。写真表現の面白さとして，被写体として意図していないものが，まさしく引用として写りこんでいるケースがある。コンビニのゴミ箱の蔭にいた猫とか，電柱に貼ってあった美容整形外科の広告とか，たまたま写真に写りこんでいた対象に後から気づく経験。図らずも引用されてしまう細部の問題となれば，ロラン・バルトが写真論『明るい部屋』（花輪光訳，みすず書房）で命名した二つの概念，ストゥディウム（典型的，一般的な情

報に関係した要素）とプンクトゥム（ストゥディウムを破壊,
分断する, 刺し貫く意想外の要素）を思い出しもするが, それ
もいまここで吟味することではないだろう。

22 幽景
（19 冊目, 31-36 ページ）

深夜二時過ぎに地震があって目が覚めた。揺れが収まっても,
家の軋む小さな音がしばらく続いた。目が覚めてしまったので,
前夜に続いて『中井正一評論集』（岩波文庫）を開き,『論語』
の感嘆詞をめぐるエッセイを読みかけたのだが, 頭に入らない。
　落ち着かない気分のまま, ブラック・ノートを無作為に取り
出したところ,「幽景」というタイトルを持つ作に目が入った。
いかにもありそうな言葉なのだが, めぼしい国語辞典には記載
がない。読んでみると, 京都在住の日本画家の話にからむ笠間
の造語らしいことがわかった。

　〈あらまし〉
　京都の Y 画伯は, 花鳥風月の精密な庭園図の描き手と
して知られている。その卓越した技量を学びたいと弟子入
りを望む者が少なくなかったが, よく言えば謹厳実直, 悪
く言えば偏屈頑迷の性格で, 長続きできる者はいなかった。
絵柄は蘭が花開き, 蝶たちが舞う代表作「春華繚乱」のよ
うに季節感あふれる彩色豊かなもので, 孤高の寂寥を感じ
させる雰囲気はなかった。実生活の様相は誰も知らなかっ
たが, まるでジョン・ファウルズの『コレクター』のよう

102

に，若い女性を監禁しているという噂があった。相手は美術大学を出たばかりで，和風美人ではなくルノアールの絵に描かれているような豊満な女性だという。この具体性に富んだ話を流したのが，懇意にしていた画廊の三代目のオーナーだと耳に届くと，画伯はただちにこの老舗ギャラリーと縁を切った。

　Y画伯の力量を疑うものはいなかったが，欠点は寡作でしかも仕事が遅く，たびたび納期が遅れることだった。ある年の晩秋，銀座のMデパートで個展の準備が進んでいた。旧作を集めたものだが，一点だけ新作が展示されるということで，スタッフは期待した。

　案の定，仕事は遅れ，完成したのが展覧会の始まる前日の夜だった。題名はすでに決まっていて，「幽景」というもの。絵の具が乾く間もないので，夜を徹してヘアドライヤーの冷風を当て続けた。しかし，朝の10時に始まる個展には間に合わない。

　どうしたか？　画伯の助手が作品を携え，東京行きの始発の新幹線を目指して京都駅に向かい入場券を買った。自由席2号車，1番A席の上部の棚に新作を置いて下車した。電話連絡を受けたデパートの係員2名が新横浜から乗り込み，指定の場所から新作を無事に受け取った。

　開店30分前，梱包を解き，新作が現われた。繊細な描線と色彩の賑わいの広がる10号の画面の魅力は，Y画伯の丹精を込めた仕事の成果に他ならない。壁面に飾るとひときわ異彩を放つ作品だった。前もって聞いていた「幽景」ではなく，「幽谷佳人」とタイトルが変更になっていた。一同，声を失い，それでも平静を装っていたが，顔を

背けながら明らかに笑いをこらえている者もいた。主任学芸員は展示を迷い，急ぎ支店長が呼ばれた。

「どうしちゃったんだ，あの先生」

と店長は短く呟き，取り外すように指示した。

問題の絵は，風景画と無理に言えないことはないが，女性の繁みに仄見える「幽谷」を至妙な筆使いで描いたもので，傑作には違いなかった。パリのオルセー美術館にあるクールベの「世界の起源」を思わせないこともなかったが，さらにクローズアップしたもので，遠目には何を描いたものか判らない。しかし細部の皮膚の持つあえかな起伏や色調の変化の描き分けは迫真の出来栄えで，薄光に浮かぶ「幽谷」の景観ではあった。

午後になって，Y画伯の使いだという若い女性が現われ，自分の勘違いで絵を取り違えたので，返却してほしいと言った。ジーンズに真紅のハーフコート，髪をゴールドに染め，薄茶のサングラスをかけた姿が会場に入ってきただけで，あたりの空気がさざめいた。

「すんまへんどした。うちが，うっかり間違えてしもうて。ほな，こちらと交換しとぉおくれやす」

と大きな目を潤ませて，おっとりした口調で言った。しかし，「幽谷佳人」は早々と売れてしまっていた。正確に言えば，開店前に売れたのである。支店長が買っていったことは個展のスタッフだけの秘密だった。

「そうどすか。ほな，そない先生によろしゅう伝えまひょ」

使いの女性は出口で振り返り，もう一度深々とお辞儀をしてから悠然と立ち去った。新しい絵は，枯れた木立に烏

104

瓜の絡んだ平凡な図柄だった。

　この一連の話が，どのように一部の人間の知るところになったのかは不明だが，この使いの女性が噂を広げた火元だろうと推測している人が少なからずいる。なぜなら，内輪の人間しか知らないY画伯の別の秘密が明らかになったからだ。

　画伯には多額の副収入があった。巧緻な筆遣いを駆使した春画を密かに制作していたのである。マカオの画商と結託し，中国の富裕層を中心に，ポルトガル経由でヨーロッパ各地にも販路を広げていた。サインは入れず，画商はYのイニシャルから連想して，Yonder（「あそこの人」）作として売っていた。画伯は五年前にマカオの高級ホテルでひっそり亡くなったが，件の女性はその1年前に姿を消していたらしい。そうなると，画伯の行状をめぐる噂の火元という推測も疑わしいかもしれない。当然のことながら，Mデパートの関係者はいっさいの話を否定している。

　画伯の依頼で女性が実行したという新幹線の無賃運搬法であるが，開業のころ，冗談まじりにその実現性をめぐり話題になったことがあるようだ。ところが，当時から東京駅に到着した車輌はいったん扉を閉じ，清掃が入るので無理だと分かった。

　ただY画伯の絵の場合，受取人が新横浜から乗車する方法を採ったので成功したと思われる。搬送の詳細は不明だが，ダミーの荷物と入れ換えて，品川駅で下車したほうが無難だったかもしれない。せっかく二人組で行ったのだから，1人は荷物を持って降り，もう1人は車内の様子の観察要員として東京駅まで乗るとか。

〈寸感〉

　儲け仕事になった事実は措くとして，Y画伯はむしろ裏の仕事の方に画家としての充実感を覚えていたのではないか。そうなれば，花鳥風月の庭園図の方が裏稼業となる。将来作成される美術史で名を残すのは，Yonder名義の作品だけということもあり得るだろう。

　たまたま脇に置いてある先ほどの『中井正評論集』の「美学入門」によれば，人間には二つの魂の誕生があるという。世界がどれほど美しく，面白いものであるかと驚嘆するときが，第一の誕生。人間とは，また自分とは，これほどまで愚劣であったかと驚き果てるときが第二の誕生。この「愚劣」を知ったときこそ，本当の人生に目覚めたと言うべきなのであると言う。そして芸術家たるものは，愚劣にのたうつ自分自身にめぐりあう経験から，すなわち「この人生を知る時から，その作風がしっかりしたものとなるのである」と。

　Y画伯の場合，「目覚め」に画業への意識の逆転があったのだ。従来の伝統的な日本画など，いかに「愚劣」なものだったかと驚嘆する第二の「魂の誕生」があり，その「目覚め」をきっかけに，「作風がしっかりしたもの」として春画に転じたのではないだろうか。

　新幹線の荷物のタダ乗り運搬について，生真面目に言い添えている点が笑いを誘う。

23 英文法例文による小説選
（14 冊目，30-31 ページ）

タイトルが奇想めいていて気になったが，これは英文法に用
例として載っている作家たちの文から，原典とは関係のない新
たな発想で短編小説にする試みだった。ただし，実際に最後ま
で作品化したものはなく，例文訳を書き出しにして後に続く一
節が羅列してある。〈あらまし〉として要約するまでもないの
で，全文を示す。

　「英文法例文による小説選」
　　かつて従兄の和宏から，「とても貴重な本だよ」と聞い
たことのある古い学習参考書を書棚で見つけた。吉川美夫
著『英文法詳説』（文建書房）というもの。手にしたのは
昭和 30 年の増補改訂版である（初版は昭和 24 年）。和宏
の話のとおり，この文法書のほとんどの用例は英米文学書
で実際に使われた文章から採録され，引用文に和訳を添え，
出典も明らかにしている。ざっと見たところ，ジェイン・
オースティン，ベネット，シャーロット・ブロンテ，エミ
リ・ブロンテ，ルイス・キャロル，ディケンズ，コナン・
ドイル，トマス・ハーディ，ホーソン，ヘミングウェイ，
ジョイス，スティーヴンソン，H・G・ウェルズ，ワイル
ド……等々だが，とりわけジョン・ゴールズワージーとサ
マセット・モームが多いのは，適切な用例が多いこともあ
るのだろうが，この英語学者の愛読書を反映しているのだ
ろう。和宏のように言語学の専門家から見ると，このこと
だけで感動するほどのものだという。文法事項の解説は飛

ばし読みして例文を追っていくと，想像が刺戟されて，不思議にその一文に続けて未知の物語が始まるような気がしてくる。もちろん，原典の話とは関係なく動き出しそうになるのだ。ひとまとまりの物語になるためには時間が要る。いまは萌芽とまでもいかず，始まりの気配と言ったほうがいいかもしれない。英文法上の解説テーマを示し（英文のイタリック体は，テーマに該当する部分），試しに五例ほど挙げてみたい。

　　1　目的補語としての形容詞。

They all want me *dead*, and are hankering for my money.

（あの人たちは皆私の死を望んでおり，私の金を欲しがっています）

　　　　　　　　　——ウィリアム・サッカレー『虚栄の市』

　とりあえず三人はすぐに思い浮かぶのです。私の死を願っているやつが一人，大した額の貯えでもないのに，私の金をねらっているやつがもう一人。そして三人目は，死んで欲しいと望んでいるうえに，金まで取ろうと思っているやつですよ。で，あなたにわざわざ来ていただいた理由，お分かりですか？　ええ，そうです。お察しのとおり危ない仕事です。細かいことは後回しにして，まず大まかなことから説明しましょう。ただし，話した以上は依頼を引き受けていただかないといけませんが，いいですね？

　　2　所有格の代名詞が動名詞の意味主語。

On the way upstairs they had heard the sound of harp, but it

had ceased on *their being announced*.
（二階に上る途中で竪琴の音が聞こえたが，彼らの来
たことが告げられると，その音はやんでしまった）
　　　　　──チャールズ・ディケンズ『ドンビー父子』

　何が目的の来訪か，彼女にはわかっていた。何日も前か
ら考えあぐねていた問題に，薔薇の花が一輪ポトリと落ち
るように結論を得たとき，久しぶりに竪琴をひきたくなっ
た。音が止むと，猫のモネが心配げに膝に乗ってきた。思
わず涙がこぼれそうになったが，彼女は叔母の呼び声に
「はい」と明るい声を作って答えた。彼女はステージに向
かうように，階段を下りて行った。あの人たちに言う最初
の騙しの一言が大事ね。とにかく，気持ちを落ち着けなく
ちゃ。考えたとおりのシナリオで，企んだ芝居がうまくい
くかどうか，第 1 幕第 1 場でほぼ決まる気がしたのだ。

　3　複合関係副詞。

My earliest recollection goes back only *to when I was a few
months over four years old*.
（私の最も古い記憶でも，四歳を二三箇月過ぎた位の
時までしかさかのぼらない）
　　　　　　　──チャールズ・ダーウィン『自伝』

　意外ですね。やはり，そんなもんですか。確かに，私も
記憶をさかのぼれば，四歳くらいで行き止まりかもしれま
せん。寝室にあった和箪笥の把手（とって）が，笑った口の形に見え
て，いつも話しかけていたことを覚えています。でも，よ

109

く言われるように，これは大人たちから聞いた話が，後付けの記憶として定着したのかもしれません。一方で，自分の生まれる瞬間や生まれる前のことも覚えているという作家もいます。それは例外的な記憶力で，確かに，ぎりぎり四歳というのが実感です。そのころのことで，もう一つはっきり思い出せる話があります。実は私，たった二日間ですが，イグアナになったことがあります。緑色のうろこの地肌に黄褐色のストライプがあって，背中のたてがみはもちろん，のどの下のひれみたいな飾りが立派で自慢でした。愉快だったのは，隣のゴロと一緒に散歩をすると，ほかの犬たちが恐怖におののいたこと。遠くで悲鳴を上げて逃げる気の弱いやつもいました。なつかしいな。ゴロが生きているとき，よく思い出話をしたものです。

　4　助動詞（現在または未来の事実に反対の条件節に続く帰結部で）。
I *might* as well be talking to the wall as talking to you.
（君に話をしていると，まるで壁に話しているみたいだ）
　　　　　　　──ジェイムズ・ジョイス『ダブリナーズ』

　そう言われても仕方ないとは思う。しかし，それは私自身が無口だからという理由ではない。いまだってそうだが，頭の中で言いたいことがひしめいているのだが，それを整理して言おうと思っているうちに，話題が移っている。黙って新しい話につき合うしかない。きっと壁に話している感じなんだろうと察しはつく。しかも頑丈なコンクリート

壁だと思う。でも，いくら私の口を開かせて，会話に引きずりこもうと考えたにしても，あの冗談はつまらないし，品がない。「実はね，君のカミさんの秘密を知ってしまったんだ。話していいかい？」とはね。

　しかし，残念でした。嘘だとわかったから，とっさのひらめきで，「もちろん，知ってるよ」と答えたら，「えっ」と驚いた。驚かしたついでに，「これまで黙っていたけど，君の奥さんと同じだよ」と口から出かかったけど，下品なことはしたくなかった。だから，これからも君の前では壁のままでいる。

　　5　簡略な従節の述語的要素としての分詞。
The moon, *as seen* through these films, had a lurid metallic look.
（このもやを通して見た月は，青ざめた金属的な様相を呈していた）
　　──トマス・ハーディ『遥か狂乱の群れを離れて』

　基地の中まで潜入することは考えていなかった。計画を狂いなく進めることは，何よりも身の安全を守る基本的取り決めのはずなのだが。小高い丘を越えると，もやがたちこめていた。このもやに乗じて，誘われるように奥へ進んだとき，空から薄明かりが下りてきて，青ざめた月が覗いた。その鈍く光る冷たい金属盤がかすかに震えている。とたんに，ここまで侵入を決意させた気持ちの昂ぶりが翳りはじめた。どうしよう，進むのも，戻るのも危険だな。どちらでも，移動するならもやの出ているうちだろう。さあ，

どうしたらいい。まずいことに，監視塔のサーチライトが
薄い月の光を押しのけ，こちらに向かってくる。私は体を
伏せ，身を隠す木立を探した。

〈寸感〉

　笠間の文を読むまで，『英文法詳説』の存在は久しく忘れてい
た。確かに英米文学作品（英文学が大多数を占めるが）で実際
に使用されている文の引用からなる英文法の本は，あるようで
ないかもしれない。用例だけ読んでも面白い。著者の吉川美夫
は高等小学校を卒業後，独学で英語を学習し，旧制高等学校の
教員をへて富山大学，東洋大学で英語学の教授をつとめた人だ。
　この文法書はデンマークの言語学者イエスペルセンから
学ぶところが多かったと思われる。このイエスペルセンの
Essentials English Grammar という英文法書は，かつて英米文学
科に入学した学生が必ず買わされたテクストで，「言語の意味
生成におけるネクサスとは何か」などという試験問題が出た。
　現今の英文法の解説書となれば，自由間接話法（イエスペル
センは確か描出話法と呼んでいた）にページを割くことが不可
欠だ。この話法は，登場人物の心中の言葉や思いが伝達動詞な
しで地の文に直接表現されるもので，小説を読むには必須の知
識であるが，説明を省いている文法書も多い。その点で『現代
英文法講義』（安藤貞雄著，開拓社）では，コナン・ドイル，ゴー
ルズワージー，モームの用例から明解な説明がなされている。
自由直接話法（伝達節なしの直接話法）の例も挙げられ，「日本
の作家によっても多用されている」として，伊藤整の「海の見
える町」の一節を引用している。傍点が該当する文。
「私は大変恥ずかしかったが，この時，本当に川端昇を尊敬し

た。何という男だろう。本当に売る気だ。そして更に驚いたことには，本当に買い手が寄って来たのだった。」

「寸感」にしては，この問題に参入しすぎたかもしれない。笠間保が引用文を冒頭の一文として想定した創作の2と5に自由間接話法が使われていたので，連想が動いただけのことである。

　それよりも，この文章を最初に読んでまず気になったことが，言語学者らしいことだけは判るものの，「従兄の和宏」が何の説明もなく言及されている点だ。ブラック・ノートを丹念に調べれば，もう少し具体的な記載を見つけることができるのだろうか。ところが，どうも不可解な事態なのだが，何らかの事実確認を目的にして読みだすと，どの文章もすんなり頭に入ってこず，意味が定着する前に視線が字面を滑っていく。前にも感じたことだが，まるでブラック・ノート自体が意志を持っているかのように，読み手を操作している印象がある。逆にノートを無作為に選び，ページを開いていくと，おのずと目が留まるところがあり，誘われるように読み出すことができるのだ。したがって，今回も「従兄の和宏」を検索するつもりでページを繰ってみたが，どの文字も手応えなく素通りしていくだけだった。

24　穴に埋まる
（25冊目，20-26ページ）

　はっきりした目的をもってブラック・ノートを読もうとすると，先に進まず文意も掴めなくなるという事態は，私の錯覚かあるいは集中力の不足のせいかもしれないと，気を取り直して

新たに試みたところ，ときどき例外的にうまくいく法則めいたものがあることに気づいた。ただし，これとて常に通用するわけではないが。

　貸出ノートに記録のある本を索引として，ブラック・ノートを確認していくやりかたである。書庫から借りていった本をもとに，どのような創作上の展開を実現しているのか遡っていくと，ふと待ち構えていたように該当する文章に行き当たることがあるのだ。

　今回，その本は何かと言えば，スイス生まれの彫刻家アルベルト・ジャコメッティのエッセイを集めた『ジャコメッティ私の現実』（矢内原伊作・宇佐見英治編訳，みすず書房）である。この本に言及した笠間の文章はうまく見つかり，当初は「土に融ける」，さらに「秘戯」というタイトルだったらしいが，いずれも二重線で消し，「穴に埋まる」と改めてある。

　〈あらまし〉

　　懐かしさもあるにせよ，むしろひりひりするような渇望に近い気分をかきたてられる。それは『ジャコメッティ私の現実』の少年時代の思い出を記した文章がきっかけだった。

　　「昨日，動く砂は」と題する子供時代を回想するエッセイに，冬の牧場に出かけて穴を掘り，そこに身を埋める願望が記されている。表からは小さな丸い空洞に見えるだけなのだが，ちょうど身体がぴったり入るだけの大きさを持ち，とても暖かくて暗い穴である。実現する日が来る前から，少年ジャコメッティはこの喜悦に満ちた幻覚を追い，穴を作り上げる手順のひとつひとつを思い描いて時を待った。一

人でその穴に閉じ込められて冬中を過ごしたい。想像する
だけで，ジャコメッティの心は歓喜でいっぱいになる。と
ころが，その願いはついに果たされることなく終わる。
「その日が来る前から私はしばしばこの悦びを経験した」
という穴掘りの想像的工程に向けた悦びの強さにもかかわ
らず，願望が実現されなかったという現実との落差が，あ
っさりと述べられている。そこに心動く。理由は推察でき
る。すでに現実を越えて，イメージの中で，すなわち「頭
の中で私はこの仕事全体を，その隅々にいたるまで完成し
た」のだから。

　これにくらべれば，私自身の「実現」された穴掘りの経
験は，語るに値しない貧弱なものかもしれない。それでも
いま，何十年もの時を経て，記憶を呼び戻し，吟味したく
なった。

　中学二年の五月，私は伯父の住む三浦半島の大楠山近く
の町で黄金週間を過ごしていた。その時，生ごみを処分す
るので，庭に穴を掘ってほしいと頼まれた。菜の花の咲き
終わったばかりの土は柔らかく，造作なく掘ることができ
た。ついでに，反対側の庭隅に自分の身体がすっぽり入る
ような穴をもう一つ掘った。汗ばむ陽気で上半身裸になる
と，私は穴に入って涼みたくなった。ちょうど肩の上あた
りまで出る深さで，周りの土をかき集めて穴を埋めていく
と，湿気を含んだ土の心地よい冷感が身体を包んだ。胸が
圧されて大きく息を吸うにつれ，腐葉土の発酵した芳香が
揮発し，酔いの幻覚に揺れ，全身が喜悦に満たされた。直
後，私はあの火事現場を見たときと同じように放尿してし
まったのだが，身震いの後にさらに心地よい解放感が追走

した。

　身体は地面に差し挟まれている。体液が半ズボンから土壌へじわりと沁みこむ。おそらくこのとき，私は初めて大地との秘戯を体験したのだ。

　酔いが覚める感覚があって目を開けると，顔のすぐ前で大きな黒蟻が数匹，忙しそうに土の山を下りてきた。地面と同じ高さから至近で見る姿は巨大で，膝のように屈伸する触角が特殊な探査装置に思えた。不思議なほど怖さはなく，同じ生き物として声をかけたい気分だった。

　抜け出すことが難儀だった。土の重さが身体を圧迫し，土塊を両手で一すくいずつ掻き出さなければならなかった。ふいに思念が動き，自分の身体が土壌のおびただしい有機物に包まれ，密着していることを実感した。このまま動かなければ徐々にバクテリアが皮膚から肉，骨へと融かしていき，やがて新たな泥や土として合成されるだろう。掻き出した土塊だけでも，生息する微生物の数は地球上の人類の総数をはるかに凌ぐのだ。自分の存在が太古からの遠大な行程の中に置かれる。こうした思いがめぐる感情は一つではない。安堵のような，喜悦のような，哀感のような，畏敬のような，驚きのような，諦念のような，不安なような，怖さのような……，それでも命の饗応に耳を澄ました経験を思いだすと，心はそそめく。

〈寸感〉

　ブラック・ノートの文章が誘いとなって，ためらいつつも，私自身のエピソードに触れることになってしまうのだが，笠間の場合とほぼ同じ年齢のころ，自分の身体を埋めるための穴掘

116

りを経験した。夏休みの間，当時はよく消防署の主催で小中学校の庭を利用して星空映画会があった。鉄棒やジャングルジムにポールを立てて銀幕を張り，闇を待って上映が始まる。風が吹くと映像がたわんだりした。学校の仲間たちの中には，わざわざジャングルジムの裏から見る者たちがいた。俳優の顔に格子模様ができて，それを笑いたくてやってきた困った連中だった。その夕べの上映作品は何であったか，まったく覚えていないのだが，一場面だけは強い印象を残した。ふぐ中毒に罹った男が穴に埋められ，首から上を出して苦悶の表情を浮かべているのだ。俳優は加東大介だったように思うが，記憶は定かでない。帰りの夜道で，先を歩く大人たちがこのシーンを話題にしていた。うちの田舎でもやっていたらしいよ，ふぐ中毒にやられたらね，土の中に体を埋めて冷やしたり，胸を圧したりすると，毒が回るのが遅くなるわけさ，ふぐ中毒じゃなくても，泥に埋まると体にたまった毒素が抜けるらしいし，泥風呂に浸かったみたいに気持ちがいいみたいだよ。

　翌日の午後，友人たち四人でさっそく真似をした。クヌギ林の蔭の延びる原っぱに穴を掘り，埋める役割と埋められる役割を交替し合った。涼感はなく，むしろ土は微熱を帯びているような温みがあった。掘り返された土の腐葉土の甘美な匂いが漂い，白日にさらされて驚いたワラジムシ，ダンゴムシ，カマドウマが湧き出し，うごめいていた。土に埋まって地面の高さから眺める虫たちの動きは，心安く親近感をおぼえた。いつになく空の青さも深く感じた。

　笠間の文に戻ると，タイトルは二重線で消してある「秘戯」でもよかったのではないかと判断できるが，おそらくそこに意味の焦点が当たることは避けたかったのだろう。また，この文

117

に登場する「伯父」とは，先の「従兄の和宏」の父とも察せられるが，もはやどうでもいい，と言うかそういうことにしておく。

25 センテンスを喰う
(27 冊目，13-16 ページ)

　陽射しが戻ったので，井の頭池まで二時間ほど歩き，池のほとりのベンチで，ブラック・ノートを開くと，意味の掴み難い風変わりなタイトルに気分が吸い寄せられた。帰宅後，再読したのだが，自分でも試みたくなる模倣への欲望に誘われる文だった（実際には試したりしなかったが）。以下は全文だが，ノートで下線の引いてある語句をゴシック体で記載する。

　　わたくし，すべてのセンテンスが好みというわけじゃありませんし，もちろんその日によって好き嫌いは変わるわけですし，センテンスを食べるなんて，底なしのゲテモノ喰いと仲間から揶揄されても，大蛙を二匹呑んだりすると，五日くらいは何も食べる気にならないのですから，ごくノーマルな食欲だと考えられるでしょうし，わたくしの特技というか，持って生まれた天与の妙技は，二叉に分かれた舌の先が，普通は鋭敏な嗅覚を司っているわけですが，それに加えて味覚はもちろんのこと，聴覚，触覚，それとかなりの弱視ではあるけれど，かすかな視覚だって備えていて，それをフルに使って，はるばる食の道を歩んで来たわけですし，歩むと言っても人間みたいに不格好な進み方じ

ゃなくて，400 ある脊椎骨_{せきついこつ}をしなやかに動かし，腹板をす
ばやく起伏させて前進するのですけど，まあ，どうでもい
い説明はまさしくどうでもいいとして，それで，五感を駆
使して行き着いた大好きな食べ物が，自分でも驚くことに，
人間たちの脳から零れ落ちたり，排泄されたりするセンテ
ンスなのですが，ただし好物すぎて腹を壊してしまうも
のもあるのですが，その中にあって，わたくしには**草**の**野**
にあっても**心**を**平**らかに過ごせない詩人の吐き出した蛙ど
もの唄が最たるものでして，**るるり，りりり，るるり，り**
りり，るるり，りりり，るるり，りりり，るるり，りりり，
と「**おれも眠らう**」なんて題がついているけど，美味すぎ
て興奮し，とても眠れたもんじゃなく，ついでに**るるる**
るるるるるるるるるるるるるるるるるるるるるるるるるるといく
ら「**生殖**」という名の詩で，いくら何でも，ここまで盛り
がつくなんて困った連中だと思うことしきり，それだから
こそ退治しなければならないと使命感で呑みこんであげた
のに，恩を忘れて「**亡霊**」などという唄まで動員し，いっ
たい何事かと抗議する間も惜しくて，一気に呑んでやろう
と口を開けたら，相手もこちらを喰うつもりになっていて，
意外にでかい口を広げて向かってくるので，それっと先に
跳びつき，センテンス喰いを実行し，**蛇めがおれの口に食**
われをるわ，みみずのやうに食われをるわ，つめたくぬる
ぬるしておいしいわ，わひ　わひ　わひ　らりらら　らり
らら，と不敵なことを叫ぶセンテンスを呑みこんだとたん，
これが不味いのなんの，下らん人間どもの糞，じゃなかっ
た，人間どもの下った糞など，クソにするほど不味いのだ
けれど，吐き出そうにも上腹部あたりでいやな振動がして，

はっと思ったら，やれやれ何とまあ，あろうことか，蛙の亡霊が，わたくしの体の内側から喰おうとしているじゃありませんか，ばっくり，がつり，ばっくり，腹から不穏な響きが聞こえてきて，そうか敵の陣中，腹中に飛びこむなどという奇襲戦法もあったのか，と感心している場合じゃなく，好物で腹を壊すどころの騒ぎでもなく，腹そのものが消滅の危機に瀕し，腹の虫でも腹に一物とも無関係な蛙の亡霊が身中に入りこんで，わたくしを喰おうと暴れ出している現実に，「腹も身の内」という暴飲暴食の戒めも，もはや手遅れになって，何とか虫下しのような下剤となるセンテンスを呑み下すしかないと思うのですが，頭も空転するばかりで，この頭だっていずれ喰われてなくなると想像すると，たちまちプライドなんか消え去って，情けなく，切ない気分がこみあげてきて，このこみあげてきた感情の出所はやはり腹なのか，などと考えると余計に寂しくなって，寂しくなると，幸か不幸か腹が減り，むらむら食欲が出てきて，手近なところで，さらに草の野に心も平らかに，息をひそめる蛙ちゃん二匹が呟く「秋の夜の対話」を試食することに決め，**もうすぐ土の中だね，土の中はいやだね，痩せたね，君もずゐぶん痩せたね，どこがこんなに切ないんだろうね，腹だろうかね，腹とつたら死ぬだろうね，死にたくはないね，さむいね，ああ虫がないてゐるね，**というセンテンスを口にくわえたものの，寒気がきて，痺(しび)れを含んだ未知の味，ああ，これが人間たちがことのほか偏食する悲哀の味なのか，そうだったか，と羨ましいようなアホ臭いような，それでもしみじみした気分になり，このまま蛙の亡霊の餌食になるのも運命か，それにしても体

120

の内部から，深々とむしゃりむしゃり喰われる体験の結末とは，どのようなものか，その奇観，壮観，盛観を思い描いたら気分が悪くなってしまい，その瞬間，あれっと我に返り，まだまだあきらめるのは早い，救いの細道はあるはずだと，窮地に陥ったら基本に返れと先輩が教えてくれた，「じゃの道は蛇が知る」という金言を噛みしめ，呑みこみ，しばし気を鎮めてみるが，それにしても腹の肉をがつりがつりと喰いちぎられるのは，これほど痛いものか，これが本当の深手を負うというものか，苦しさに耐えて，つらつらその基本なるものを考えた結果，ごく単純な事実に行き着き，よしっと人間なら膝を叩くでしょうが，わたくしたちはそんなものはないので，尻尾でポンと背を叩き，基本の整理にかかり，要するにセンテンスの問題なのだと基本に立ち返り，センテンス喰いから生じた咬み合いなのだから，センテンスの意味構造の前提を崩せばいい，いや，そんな恥ずかしくも厳つい言葉を使うのは面倒ではあるけど，あえて言いなおせば，センテンスの深層の意味作用を支える表層の語句の運用上のほころびを衝けばいいのではないか，蛙の亡霊がわたくしの身中深く入りこんできたことは，皮肉な暗示になっているではないか，意外にも深さを転覆させるのは，あっけないほどの浅さなのだ，それでまさしく基本に返って，「亡霊」のセンテンスをふたたび舌で触れてみたところ，**つめたくぬるぬるしておいしいわ**，という一文に異臭を感知してしまい，苦悶の声ながら，「おい，誤文を呑んだぞ」と喉から腹の中に向かって指摘すると，蛙の亡霊はするする腹の奥から這い上がって来て，「ちっ，呑んだのは，あんただろうがね」と捨て台詞を残して口か

121

ら出ていき，よし，よしと思ったのだが，指摘したことは単純で，わたくしたちの表皮は**つめたくぬるぬるしておいしいわ**，なんていうことはなくて，皮膚の外層はざらざらした角質なんであって，だから定期的に脱皮ができるのですよ，やれやれこれでようやく助かったと安堵したら，空腹が襲ってきて，それでいて贅沢な気分もあり，歯ごたえのある哲学的センテンスを食してみたくなったけど，消化にいいものとなると迷いだし，当然だけど迷う間も空腹は募るわけで，ひょいと振り返ると，わたくしの仲間の尻尾が，ぴっくりぴっくり美味そうに動いていて，共食いは奨励されていないけど，「背に腹は代えられぬ」という，これも先輩の教えてくれた金言にすがって，がぶっと喰いついたとたん，うぎゃーとおのれの尻尾の猛烈な痛みに悲鳴をあげてしまったのだけど，この愚行で命を跡形もなく消滅させてしまった先祖たちが大勢いたことを，食い意地のせいでうっかり忘れていました。

〈寸感〉

　述べることは多くない。蛙の詩ばかり収録した『第百階級』の入った『草野心平詩集』（入沢康夫編，岩波文庫）は，書庫から借り出した記録がある。ある種の悪食譚であろうが，あれこれうねうねと長蛇のコメントをするのは，「蛇を描いて足を添える」の喩えもあることなので，これにて切り上げる。

26 更紗さらさら，どこからどこへ
（5冊目，40-71 ページ）

　未完の更紗縁起譚が目に入った。就寝前に読んだのだが，一
読で覚醒効果があり，深更まで村山槐多の画集を眺め，若くし
て人生を断ち切られた遺文集を読んだ。しかし，心が騒いで頭
に入らない。理由らしきことは，後でわかった。

　〈あらまし〉
　　くすんだ茜色の古布を見たとたん，欲しくなった。「茜
　地枠入花模様更紗」というインド更紗である。
　　この更紗が私のところに来ることになった経緯は，いさ
　さか因縁めいた話となる。
　　ある夏の日，額縁の工匠のＡさんを訪ねた。約百年続く
　絵画額縁商の三代目にあたる人で，詩人でもある。仕事仲
　間のグループ展に出す作品のフレームの相談だった。サハ
　ラ砂漠の写真にあえてサンドペーパーで傷を入れ，そこに
　彩色を施したもので，実験作と言えば聞こえはいいが，た
　ぶんに思いつきめいた，手法だけは斬新な習作だった。だ
　から，あまりじっくりと時間をかけて相談するのは気がひ
　けた。それでも丁寧にこちらの話を聞いた後，彼は，「ほ
　んとうは，仕上がりの期限の決まった仕事は断っているの
　です」と呟いた。
　　30年前に結核で片肺を失った細い声だった。私はＡさ
　んの体調のことに頭が行き，無理をお願いして申し訳あり
　ませんといった意味のことを言ったように思う。しかしそ
　れが誤解であることはすぐに判った。

絵を預かってから，まずそれを毎日見つめ，タブローにふさわしい額の材質選びに熟慮の時間を過ごす。いかにタブローを存在せしめ，生かすか，作品との対話が続く。優れた絵であればあるほど，安易な付け合わせは通用せず，作品自らが引き寄せる出会いの時を忍耐強く待たなければならない，とＡさんは言う。

「作品にも意志があって，その呼び掛けで他のものも自ずと集まってくるのです。問題はそれまで待てるかどうかです。ですから，私は額を作るというより，もの同士の幸福な遭遇を待つ人間でしかないのです」

　ところが，「仕上がり」は，その段階で終わりになるわけではない。今度は絵と額をしっくりと調和させるため，依頼主に渡す前にいったん部屋に飾り，ときに数か月間にわたって風にさらし，空気になじませるのだ。

　そのように進めた最近の仕事の例として，Ａさんは大正期に夭折した画家・詩人の村山槐多の絵のための額縁制作の話をしてくれた。依頼主は不思議な人物で，何も条件を言わず，一切任せますからこの絵に一番ふさわしいと思う額を作ってください，とだけ言って立ち去った。

　Ａさんはそれからの数か月，ジョコンダ夫人を思わせる謎の微笑を浮かべた女性の肖像画と毎日向き合い，額の想を練った。考えあぐねた頃，出入りの古物商が珍しい古布が手に入ったと言ってやってきた。鬼手と呼ばれる大判のインド更紗を半分に切った布で，沈んだ茜の地に蔓草の小さな花が散りばめられている。Ａさんは即座にこれを槐多の絵に合わせることを思いついた。

　花と蔓が絡みながら並んでいる約15ミリ幅のボーダー

部分を切り取り，額の周りに溝を掘り刻んで，その花模様の更紗を埋めたのだった。それは着物姿の女性の肖像画と見事に調和した。そして例によって，部屋に飾り，空気にさらすという最後の仕事を終えると，頼まれてからすでに10か月近い時間が経っている。

　ふたたび夏が近づき，依頼主ではなく，その妻と娘が絵を受け取りにやってきた。そして完成を楽しみにしていた本人は，3か月前に病没したことを知らされた。Aさんは2人に同行して，仏壇の前で完成を報告し，遺影に向けて絵を見せたという。

「たとえ端の部分だけしか使わなかったにしろ，槐多の絵のためにだけ，買った更紗です。もう用はすみましたから，気に入ったのでしたら差し上げます」とAさんはさりげなく言った。

「それじゃ，申し訳ありませんから買わせてください」

　するとAさんは手を振って私の言葉を制した。

「失礼ながら，あなたの月の給料で買える値段ではありません。気に入ってくださったんで差し上げる，それでいいじゃありませんか」

　後で知ったことだが，その更紗の裏には東インド会社の社印が押してあった。しかも国立博物館の技官の鑑定によると17世紀以前の更紗であることは間違いないという。社印とは別に薄く手書きの「陳」という一字が見え，そのあとの漢字は裏生地がかすれて判読できないが，どうやら19世紀前半には中国のどこかの家にあったらしい。

　更紗をあげると言った瞬間，Aさんの顔にかすかに途惑いの色が浮かんだように見えた。しかし，そうした私の気

持ちを察したかのように彼はこう言った。

「差し上げるのではありません。あなたに預かってもらうのです。この古布は私たちよりも遙かに長生きをしています。これからもそうでしょう。ただ私たちのところに客人のように留まるだけなのですよ。いずれあなたも，誰かにこの更紗を託してください」

このインド更紗は何百年もの間にどのような人間のドラマを目撃してきたのだろうか。更紗さらさら，流れ流れて，どこからどこへ。おそらく奇異な漂流の歴史を持った布にちがいない。いずれ私は布地に染みこんだ記憶をたずねる仕事にとりかからなければならない。それには，更紗自身に語ってもらう必要がある。

〈寸感〉

更紗はインドだけでなく，ジャワ，ペルシャ，タイ，ビルマなどで，人物，鳥獣，草花など種々の絵柄が織られた。日本に入ってきたのは，室町時代の末期らしい。ここに述べられているのは，花模様で蔓草のようなものをあしらっているのだろう。想像するに，額に入れた槐多の絵は，「湖水と女」だと思う。東インド会社をへて，流れ流れて旅を続けてきたインド更紗の古布の端切れが，いま槐多の絵とともに生きながらえている。しかし，「湖水と女」はポーラ美術館が所蔵しているようだが，まだ同じ額縁に入っているかどうか。

笠間はこの更紗自身の持つ記憶を辿るつもりかどうか判らないが，私の心を騒がせたのは，布の裏に薄く残っている「陳」という漢字である。かすれて判読できない一字の方は，「明」ではないだろうか。すると「アヒルの味わい」（35頁）の調理

126

人・陳明となる。そうであるならば，あのおぞましい祝いの膳に敷かれていたインド更紗の可能性があろう。茜の地の小さな花々に，苦しげな家禽の声がひそかに染みついているのだとしたら……。

27 喫茶店にて
（14冊目，21-23ページ）

すでに述べてきたように，ブラック・ノートの断章をあらかじめ順番を決めて読んでいるわけでもないし，かといって気まぐれに拾い読みをしているわけでもない……，と書いたとたんに，むしろこの両方が混淆しているような気もしてきて，読み方をめぐる思いが空転してくる。

ノートの方が意志を隠し持っていて，折々に私の気分を察知し読むべき話へと誘導しているのではないかと疑ったりもするのだ。私の関心を先回りして，あるページの文に目の留まる瞬間を待ち構えているのかもしれない。なぜ今ことさらに，こうした思念に捉われてしまったのか，その理由は明白で，ある喫茶店で笠間が経験した逸話に遭遇したからだ。私自身の体験と相似しているのである。ただし，先に体験談を読んだので思念が後付けで動き出した可能性もあり，事態は錯雑としてくるが，あまり深追いせずに，とりあえず全文を写す。タイトルは付いていなかったので，「喫茶店にて」としておきたい。

〈喫茶店にて〉

ある秋の平日の午後，住宅街の一角にひっそりと営業し

ている喫茶店での小さな出来事。海岸リゾートによくある白塗りのデッキを持つ開放的な造りだが、照明が控えめで落ち着いた気配が漂っている。深緑のビロード張りの椅子が揃い、カウンターの背後の壁には色とりどりのコーヒーカップの並ぶ棚があって、客は好きな器を選べる。退色した薔薇の造花がトイレに向かう通路に飾ってあるが、埃をかぶっているわけではなく、掃除はいつも行き届いている店だ。

喜寿は越えている店主が一人で対応しており、豆を挽く段階から時間をかけて用意するコーヒーの味は確かなもので、「珈琲」と漢字表記がふさわしい苦みと強い香りがする。

推理小説の名手だった作家のMが散歩の途中にしばしば立ち寄り、いつもガテマラを注文したと聞いたが、はたしてどうなのか。喫茶店で新聞に目を通す習慣だった人だが、この店には『太陽』のバックナンバーしか置いていない。

その日、私はいつものとおり窓辺の隅の席に座った。他に客はいない。なぜかこの店に入ると、パソコンを開くことには躊躇するものがある。おそらく閑散とした雰囲気のせいかもしれない。ほどほどにざわついていないと、キーボードを忙しく打つ音が気になるものだ。そこで私は知り合いの編集者から依頼された写真論の校正を始めたのだが、頻繁に電子辞書を使う意外に手間のかかる作業となった。気づくと80分ほどたっている。眠気もどんよりと広がり始めたので、カウンターで本を読んでいる店主に声をかけた。

——コーヒー，もう一杯，お願いします。マンデリンで。

　店主はこちらを見つめたまま，何やら慰めに似た表情を浮かべて言った。

　——ムリしなくていいですよ。

　私は言葉を失い，応じ方にとまどった。

　——はい，じゃ，ムリせずにやめます。

　とは，答えられない。

　——いえ，おかわりをしたくなったので。

　正直に言ったものの，陰気くさい気分のざらつきがあった。不快感にまでは到ったわけではない。店主は気を遣ったのだと思う。それは理解できる。一人も客がいない店で，きっとこの人は長居に気がとがめているな，と察したのだろう。すると案の定，コーヒーをもう一杯くださいと注文してきた。予測は当たり，ムリしなくていいのですよ，と気遣った。

　しかし，私にすれば，待ち伏せにあったようなものだった。気遣いなど不要で，煩わしい。こうした先回りした配慮の言葉は，むしろ配慮に欠けた対応として裏目に出てしまうことがある。日常のやり取りでよくあることに違いない。私がさぞかし長居を気にしているだろうと推測して発した，「ムリしなくていいですよ」の過剰に気を回した店主の応対は客を当惑させるもので，仮に「ムリ」をしていることが事実でも，やり過ごし，とぼけて，「ムリ」を素直に受け取ればいいだけのことだ。いや実を言えば，私自身にしても多少気を遣って追加のコーヒーを頼んだ面がないこともなく，妙な言い方だが，それを意識の表面に引っ張り出されてしまった居心地の悪さが，なんとも面倒くさい。

こうした状況の持つコノテーションをわざわざ顕在化させてしまうと，意味伝達の不調を招く。長居という事実に，店主の注意と意識が向いていたことが図らずも明らかになってしまい，それによって客自身も自覚的にならざるを得ず，こうした店には来たくなかったという気分に逢着し，そう感ずる自分が疎ましくなり，何か行き詰まり感に陥っているように思ったりする。つまるところ，不本意な自分の反応に不快感を抱いているだけのことかもしれない。

　こんな単純な事実だけでも，人間の感情はこじれ，捻転したりする。先回りして気を配ったことが，相手の無意識を自覚化させて，むしろ窮屈な場に追い込み，皮肉にも心理的には後手に回ってしまった。こうした待ち伏せの言語行為は，前と後，先取りと遅れの意識が混乱し，失調を招く事態を内実としている。それでいながら，何気なく流通している事例が多いのは，深刻なような滑稽なような日々の現実の喜劇的側面なのだろう。

　ロイヤル・コペンハーゲンのカップに入った二杯目のコーヒーを飲み終わり，伝票を持ってレジに近づくと，店主は読みかけの『鏡花紀行文集』の文庫本をカウンターに伏せて，猫背の痩躯をゆっくりと運んできた。

「おいしかったです。また来ますね」

　私は釣銭を受け取りながら言ったものの，ふたたび店に来ると考えていたわけではなく，勝手に口から飛び出した言葉にすぎなかった。多くの会話は，考えてもいないことが不意に口からこぼれるものだと冷静に振り返るより先に，私は店主の途惑いの表情が気になった。眼鏡越しの奥の柔和な眼差しが宙に浮いている。

「いつ，おいでになりますか？」

　と店主は私を見ずに，店内を見回しながら生真面目な口調で尋ねた。

「いえ，まだ決めているわけではありませんけど……」

「そうですか。実は，今度の日曜日で店を閉じる予定ので」

「えっ，閉店？　あさってですか？」

「はい，そうなります。私も来月で81歳になりますし，あれやこれや面倒になってしまい，もういいかと……」

　店が明後日でなくなってしまうという，不意をつかれた予告と惜別の思いがすべての感情を上書きし，今度は私のほうが店内をすでに失われてしまった場所のように見回した。気遣いの文脈を寸断する，「くたびれて，面倒になっちゃうほど，繁盛していたわけではないでしょう」などという言葉への欲望など，空中に霧散した。

「誰か後を継ぐ人はいないのですか？」

「それは，ムリです」

　もはや懐かしい言葉のように，「ムリ」が胸の奥に響く一方で，自分の拘った気遣いをめぐる言語的なふるまいは後景に退いてしまった。

　ブラック・ノートに記載された話はここで終わっている。冒頭で述べたように，これを読むことになったのは，偶然とは思えない。なぜなら，私自身にもこれと気味悪いほど重なる喫茶店での体験があるからだ。むしろ私自身が書きそうな文章ですらある。ノートに店名は書かれていなかったが，私の知っている店は「アレグロ」と言い，ウェッジウッドの器を使い，紅茶

のときはロンドンのキューガーデンの植物柄のティーカップが出てきた。ときどき立ち寄ったらしい作家は藤沢周平なのだが，私自身は会ったことがない。たぶん，誤情報だと思う。

　以下，笠間保の掌篇に私の話を継ぎ足し，今回はそれを〈寸感〉に代える。

　　ドアに向かって帰りかけると，背後から声がかかった。
「この時期，一応そこは入口専用にしているんです，でも，お急ぎでしたらいいですよ，どうぞ」
「いえ，急ぎません。出口はどちらです？」
　トイレの方向の脇に，食器棚の壁の背後に回り込むようにして通路があり，突き当たりのドアに「出口はこちら」と大書した張り紙が目に入った。外には小さな裏庭があり，ハーブの密生した素焼きの植木鉢が並んでいた。ミントのかすかな香りに，焦げたコーヒーの匂いが漂う。通路は店舗の裏から道路側の入口につながっているのだが，庭の一角に箱型の白いプランターが重なり，どれもコーヒー滓<ruby>滓<rt>かす</rt></ruby>が詰まっていた。肥料や虫よけになることは知っているが，雨ざらしにして何の用途があるのだろうか。
　プランターの一つに，稲穂のようにエノコログサが数本伸びていた。
　私は通路を回り，ふたたび入口のドアを押した。
「いらっしゃいませ……，あっ，お忘れ物？」
　店主がカップを布巾で拭きながら，戸口に顔を向けた。
「いや，もう一杯おかわりにきたというわけじゃないんです」
　笑いの反応はなく，店主の真剣な面持ちは変わらない。

「ちょっとお聞きしますが，裏にためているコーヒー滓ですけど，何にお使いになっているのか，気になりまして」
「ああ，あれですか。さっさと処分すればいいのですが。放置したままじゃ，消臭剤にもなりませんね」
「いや，すいません。余計なこと，お聞きして」
　私は質問の答えなど，もはやどうでもよくなり，すぐに退散するつもりだった。
「実は，亡くなった妻が，コーヒー染めをしていたんです。その材料がたくさん残ったままでして。ポプリ用の鉢もそのままで……」
「そうでしたか」
「トートバッグなんか，よく染めていましたが，今ならきっとマスクを染めたりするかもしれません」
「そうでしたか」
　私はそう繰り返した。たくさん話があるような，全くないような気分が凝った。普段ならこういう場合，黙っていればいい。しかし，ふいに気遣いめいた言葉が突き出た。
「閉店の日には，ぜひまたコーヒーをいただきにまいりますね。ごちそうさまでした」
　店主に驚きのような不快なような表情が浮かんだ。痩躯に細長く青白い顔が乗っていた。眼鏡の奥の目の周りに，疲れからか陰気そうな隈もある。この人は誰だ，と改めて私は思った。向こうも，こいつは誰だと思っているだろう。言い繕って勘違いをごまかしたいと思ったがやめた。説明しようにも糸口がわからない。
　私はあたふたと，しかし外目には悠然とした足の運びで外に出た。もう一度，裏庭を覗いてから帰りたいと思った

133

のだが,「閉店」などというありもしない予定を口走って
しまったので,早く店から離れたかった。それでも,少し
は勘違いのいきさつを振り返る余裕はあった。

　閉店の情報など,笠間保の文には書かれていたが,私の
話とは関係ない。状況を再現しているうちに紛れ込んで,
つい混乱してしまった。書きながら勘違いが生じたのだろ
うが,笠間の経験した事実と私の経験した事実,それら
を私が後から記述する現実との時系列が歪み,もつれ出し,
記憶をたどる意識の視界がさえぎられたのだ。

28　借用と盗用
（14 冊目，24 ページ）

「喫茶店」のエピソードの書かれた次のページに,短い引用文
があった。コメントはなく,ただこの言葉だけが置かれている。

　　二流の才能のアーティストは借りる。一流の才能のアー
　ティストは盗む。
　　　　　　　　　　　　──イゴール・ストラヴィンスキー

　用意周到な皮肉と言うべきだろうか。笠間保の文に継ぎ足し
をしたばかりなので,思わず苦笑したことは言うまでもない。
「一流」と「二流」の問題はさておき,そもそも借用と盗用の
関係は,どちらがどうなっているのか。私が笠間の文を引き継
いだことは確かだが,それは私自身がオリジナルな体験として
持っていたものだ。したがって,笠間が私の話を借用したのだ。

いや，それは違うか？　何やかや，わけがわからなくなってきた。しかし，どうであれ，お先棒を振る競争など醜態に他ならず，この引用はそうした浅ましい意識自体もシニカルに見ているに違いないのだ。

　先の警句は英語版のどの引用句辞典にも記載されているものだ。彼はどの辞典を参照したのか不明だが，手元の英語引用句辞典では，次のような表現が示されている。

　　Lesser artists borrow, great artists steal.

　ただし，この言葉はストラヴィンスキー独自のものではなく，ピカソもこう述べている。

　　優秀なアーティストは模倣する。偉大なアーティストは盗用する。
　（Good artists copy, great artists steal.）

　さらに，Ｔ・Ｓ・エリオットにも次のような箴言がある。

　　未熟な詩人はまねる。熟達した詩人は盗む。
　（Immature poets imitate, mature poets steal.）

　いずれの言葉も，その意味内容はほぼ同じだろう。借りたり模倣したりするのでは未熟で凡庸な才能の持ち主のレベルであり，真に優れた作り手は，借用した痕跡など一切残さず，巧みに盗んで自家薬籠中のものとして，最初から自分の創作物であるかのように見せてしまう才覚と技量があるのだ，と。どの程

135

度〈影響の不安〉を自覚するかどうかは別として。

　詳しく調べたわけではないが，これらに先立つ類似表現がさらにあるかもしれない。ただ，あるなしにかかわらず，またこの三様の警句の発表順とも関わりなく，アイロニーを感ずることになる。ひとつは，似通った表現が存在すること自体でたがいに相殺し合い，独創的なレベルに偽装し得た「盗む」というよりも，印象が弱くなるということだ。もう一つは，発言した人物の仕事の先駆性やオリジナリティやカリスマ性の強弱が，「盗む」という特権的な表現の持つ説得力を決めるということだろう。表現活動の領域が異なる3人では，その決定を下しようがない。もっとも，この箴言そのものがはたして「盗む」を誇示するほど立派なものか否かとなれば疑問の余地があり，表現がおのれ自身に差し向けられてしまう自己言及の様相こそ，アイロニーの最たるものかもしれない。

29　遺伝子のコピー
（14冊目，25ページ）

　ストラヴィンスキーの警句の引用だけしかないページの物足りなさを，何かしら埋めようとする気分があったせいだと思う。紙面の空白をうめる充溢した言葉を求め，次のページを期待してめくってみたのだが，また拍子抜けした。これ自体も読み手の私を誘うブラック・ノートの見えない力の仕業と考えるべきかどうかは判らないが，冗談めかすように，メモに等しい単純な言葉が書きつけてある。見ようによっては，新聞の見出しのようだ。いや実際，どこかの記事の片語の可能性もある。

遺伝子のコピーミス　　新型コロナウイルスの変異株を正
しく知ること

　書いてあるのはこれだけだ。前のページもそうだが，続けて
書こうと思案していた話があるかもしれない。「コピーミス」
という言い方が何やらあやしい。しばらく字面を見つめ，沈思
したところ，小さな妄念がじわりと湧いた。なぜ新型コロナウ
イルスの変異種ができるのか。
　まず，コロナウイルスが呼吸器などの粘膜にくっつく。する
とウイルス表面の棘状のスパイク蛋白質が受容体の表面と結合
する。ここでウイルスと細胞が融合して感染状態になる。
　常識的な素描を臆せずにもう少し続けるが，ヒトの細胞には
遺伝子をコピーするメカニズムがあるが，ウイルスはこのメ
カニズムを乗っ取って，つまりは借用して，自分の遺伝物質
（RNA）をコピーして増殖し，その結果，肺炎などの呼吸器障
害を引き起こす。ところが，こうした装置の借用による RNA
のコピーの過程でミスが起こり，遺伝子の異なるウイルスがで
きてしまう。これがより強い感染力で拡散するのだ。メカニズ
ムを借用しつつも模倣ではなく，似て非なるものに変異したウ
イルスだ。いわば盗用レベルに到った強力な変異体。というこ
とは，新型コロナウイルスが，ストラヴィンスキーやピカソ
を演じていることになるのか。こうした牽強付会の臆説もまた，
先の引用に触接し過ぎた感染的な連想で，歪んだ縮小コピーの
ようなものだろうか。またもや，自己言及の循環が慢性化しつ
つあるようで気分が悪い。

30 砂漠で迷う
（30 冊目，14-20 ページ）

　笠間保の文を拾い読みし，字面に触れていると，自分の言葉が増幅してきて，新たな思いに行き当たることがあり，そうした思念にも転写と変異があるかもしれないなどと，また性懲りもなく考え始めたので，自己隔離の処置を決め，14 日ほどブラック・ノートから遠ざかることにした。実際は，予定が延びて 17 日目の夜になり，無作為にノートを開いた。どのような写真の仕事で出かけたのか書いてはいないが，サハラ砂漠で道を失った経験を記した 7 ページほどの文章が目に入った。以下が全文である。

〈砂漠で迷う〉
　わざと道に迷う。ことによると，あえて道に迷うことを誇りにしている者もいるかもしれない。車を運転しながら，ふいに見知らぬ横道に入る。間違った道だなと気づくのに，それでもかまわず進んでしまう。どこを走っているか，まったく分からなくなり，しぶしぶカーナビに頼ることになるのだが，その指示が遠回りの道に思えて信用できず，結局は自分の判断した経路で進み，また新たな深みにはまることになる。にもかかわらず，何か重要なミッションを果たしているかのような錯覚が芽生えてくるのだ。白状すれば，私はそのような人間の一人なのである。
　私が杉並の安アパートに戻ってくるのは 1 年に 4 か月ほどで，ほとんど日本にいない時期もあった。一人息子とは，25 年間会ってない。一度の結婚も，若き日の最大の寄り

道と考えている。

　10年ほど前，大雪山系を歩きまわるうちに道を失った経験がある。食糧が尽きかけ，不安の底にいるとき，楽園のような風景に出会った。

　9月の半ば，小さな谷にまだ冬の雪が残っている。その雪渓を取り囲むように，紅葉が始まっていた。空の青を背景に，赤や黄色に染まった葉が輝き，雪に照り映えている。私は華やかな静寂を楽しんでいたのだが，突然，背後の藪がざわめいた。背筋に冷たいものが走る。覚悟したとおり熊が現われ，目と目が合った瞬間，時間が止まった。

　私はなぜか現実感が希薄で，悠然と構え，この決定的一瞬を写真に撮らなくてはいけないと，シャッターを押した。でも，妙なことにフィルムには何も写っていなかった。このときの落ち着きぶりは私の自慢話のひとつだったが，熊との遭遇は作り事だろうとか言われたりして，ろくな反応はなく，実に不本意な思いだった。写真ですら，ポルトガルの漁師小屋を撮ったものを除いてあまり感心されたことはなかった。

　迷い道について最も忘れがたい出来事がある。ある年の大雪山行と同じく9月の半ば，アルジェリアのサハラ砂漠で道を外れ，遭難しかかったことだ。

　私は砂漠の中に忽然と姿を現わす城塞都市のガルダイアに滞在していた。首都アルジェから南に約500キロ，陸路を8時間半ほどかけて到着したのだった。ガルダイアは世界遺産になっている「ムザブの谷」の五つのオアシス都市のひとつである。

「ムザブの谷」をこよなく愛していたル・コルビュジエの

設計した建築が，いかにこの都市群の伝統的な建物との間にイメージの相似性を持つかという映像番組を制作する，フランス・スイス合同の取材チームに加えてもらったのである。パリで在外研究中の建築史専攻の研究者M君の紹介だった。M君も同行の予定だったが，日本に一時帰国する急用ができて不参加となった。

どの城塞都市も小高い丘の上に向かって建物が密集し，入り組んだ狭い迷路のような坂道が張り巡らされている。熱気が吹き抜け，香油の匂いが肌を包み，足音が壁に響く。角を曲がると急に視界が開け，頂上に聳えるモスクの尖塔ミナレが，青空を背景に街を見下ろしている。

ル・コルビュジエは，ミナレにとりわけ魅せられ，パリからたびたび「ムザブの谷」を訪れて，その優美な曲線があらたな設計のヒントになった。私は後に述べる理由から途中で帰ることになり，取材チームに同行できたのは，フランス・ロンシャンの礼拝堂建築の発想の元になったという，オアシス都市のひとつエル・アトウフのシディブラヒム・モスクだけだった。築700年を超える建物で，堅牢な白壁と流れるような美しい曲線の造りだが，壮麗さとは無縁の実に質素な建物で，清貧の気配があった。

迷路のような細く曲がりくねった坂道を歩くと，自分の心身が感応体となって空気に溶けていくような愉悦を覚えた。ただし，こうした「ムザブの谷」の城壁都市へ入るには，現地の元締役でもあるガイドの同行が義務付けられ，厳守すべき禁止事項もある。その中に，女性の写真を撮ってはいけないという決まりもあった。女性たちはアバヤと呼ばれる衣装を全身にまとい，既婚者は両目を，独身の者

は片目だけを覗かせている。私は微風のように静かな足取りですれちがった母娘と思われる二人連れに魅了され，カメラを向けた。すかさずガイドの厳しい声が飛んできて，写真の消去を命じられた。

　しかし私が述べたいのは，アルジェリアでのこうした出来事ではない。夜の砂漠のことなのだ。ガルダイアに着いて３日目の夕方，私は砂漠に沈む太陽の写真を撮りたくなって，取材チームの借りていた三菱パジェロに乗り込んだ。もとより遠出はする気はなく，ほどよい撮影地を見つけたならば，急ぎ帰る予定だった。ガイドの同行がないと移動が許可されないこともしっかり念頭にあった。

　広大な砂漠を貫く道路をしばらく進むと，左手に小高い丘が現われ，斜面は陰になって灰色に沈んでいるが，稜線は黄金色に縁どられ，山際には風にあおられて金粉の帯が流れていた。

　街道からそこへ向かう細い脇道があり，一瞬ためらったが，思い切ってハンドルを切り，アクセルを踏み込んだ。進むとまずい，迷い道で帰れなくなるぞ，という自覚はあったにもかかわらず，迷うことに挑むような倒錯した気分に衝き動かされた。

　私の迷走ぶりが不審に見えたのか，ガルダイアに向かうトラックが警笛を鳴らして過ぎていった。

　目視の距離を裏切り，丘はなかなか近づかず，斜面は翳りを広げていく。これは蜃気楼かもしれないと思ったとき，砂漠の丘はいっそう夕陽に燃えているように映った。

　私は戻ることに決め，車をＵターンさせた。ところが，背後に広がる砂漠も燃え立ち，帰路が黄金の砂地の中に消

えている。おおよその見当をつけて徐行したものの窪みに
はまって車体が左右に揺れ，砂漠の地平が浮いては沈んだ。
それでも東に向けて車を走らせているうちに，意外に早い
夜の訪れがあった。

　私は車を止め，塩っ辛いクラッカーと炭酸水のペットボ
トルで空腹をおさえた。

　夜の砂漠がどれほど賑やかなものか，想像すらしていな
かった。私は車の外に段ボールを重ね，仰向けに横たわっ
て満天の星を見ていた。

　すると聞こえる，聞こえる，ジージージーチー。何の虫
だろう，ジージージーチー。鳴声がかすかに，しかし周り
に小さな集落を作っているように，たくさん聞こえるのだ。
ジージージーチー，ジージージーチー。こんな砂漠の不毛
な地でも命のきざしがある。息づかいを虫たちの声に合わ
せるように整え，私は耳を澄ました。

　安堵，嬉しさ，不安，焦燥……，それらのどれでもない。
私は身体の底のほうから，まだ名づけられない何やら見知
らぬ感情がこみあげてきて，涙が流れだし，嗚咽が止まら
なくなった。どれくらい時間がたった頃だろうか，私はい
つの間にか眠ってしまい，気がつくと虫の声がぴたりと止
んでいる。薄闇に目を凝らすと，砂地に数か所ほどまばら
な草のかたまりが見えた。

　大地はまだ闇に沈んでいるが，遠くの地平線のあたりが
ほんのり明るく，青みがかっていた。東の空から上空に向
かうにしたがって，濃い青の諧調に変わっていき，西の空
はまだ闇だった。空はゆっくり明るい青に変化していくの
だが，私は不動の時間のなかにいるような気がした。その

とき，はっと記憶が動きだす気配があったが，記憶ではな
かった。

　砂漠の彼方から白い点が左に大きく迂回しながら，慎重
に道を探すように近づいてくる。やがて小型トラックがパ
ジェロの横に止まり，ガイドを先頭に二人の屈強そうな男
が降りてきた。意外にもガイドは険しい顔を見せず，笑み
を浮かべていた。それがかえって，威圧的な雰囲気を放っ
ていた。後で知ったことだが，前日に警笛を鳴らして通過
したトラックの運転手が，私の不審な走行ぶりを目撃して
通報したのだった。

　その日の午後，私は空路でアルジェに送還された。

〈寸感〉
　アルジェリアの「ムザブの谷」は，世界遺産に指定されてい
る。地上で最も魂を虜にする坂道の路地が，迷路のように集中
する城塞都市として，私はかねてより旅心を誘われてきた。い
ささか常軌を逸した行動は論外として，笠間に羨望を覚える。
　しかしこうした砂漠の都市の探訪もさることながら，今ここ
で気になるのは，笠間保自身の人物像だ。もはや具体的な事実
に関心はないとたびたび述べつつ，自分の思いをさっそく裏切
ってしまう仕儀となるのだが，住まいは「杉並の安アパート」
ではないだろう。しかも，放浪状態であるにせよ現在の拠点は
どこか他の場所のはずだ。一人息子と 25 年間も会っていない
とは，どのような事情によるのか。若気の至りとさらっと書い
てあるだけの結婚生活の相手はどのような人だったのか。また，
「ムザブの谷」に同行するはずだったパリの建築史専攻の「M
君」とは，旧友なのか。

あれこれ推測しながらも，またもやどうでもよい気分に行き着く。正直言うと，2日ほどブラック・ノートの人物情報のありそうな文章に当たりをつけて追ってみたのだが，案の定，いつもと異なる読み方をしたせいか，注意力にロックがかかり，頭に入ってこなかった。結果的に辿り着いた思いは，またもや「コピー」だった。

　ブラック・ノートには，体験記，創作文，感想メモ，箴言，詩句，引用文などが入り混じっている。そういう文章にあって，見え隠れする笠間保とおぼしき「私」という一人称の人物は，一貫性を欠き，矛盾すら散見する。しかし堅固なものと言い難いにせよ，表現の主体としての基調は維持しながら，いったん書かれたイメージの揺れや，齟齬があったりしながら，新たな「私」の像がそのつど浮かび上がる。人称を変えた場合も同じだ。書くという運動によって，自己像がコピーされ複数化していくのである。意想外の逸脱が生じ，いわばコピーミスのような変異が起こって自己が増殖する。ブラック・ノートの記述主体としての笠間保は，「私」という人称であれ，他の人称であれ，さまざまに変異した彼自身なのであり，複数化された像のすべてなのだ。

　こんなことをつらつら思い巡らしているうちに，今日も深夜になった。まさしく草木も眠る丑三つの刻。しかし，私には眠りがやってこず，想像の砂漠が闇の中に広がっていく。ジージージー，チー，ジージージー，チー，名の知れぬ虫たちがいっせいに鳴きだす。

31 歴史上もっとも醜悪なアイロニー
（5冊目，23-26ページ）

　特に日付の記録はないのだが，大原三八雄編『世界原爆詩集』（角川文庫）を借りたという断り書きの次に，「歴史上もっとも醜悪な冗談」と題する文が続いている。

〈あらまし〉
　昭和20年8月6日午前8時15分，広島。4歳で原子爆弾に被爆した，小学校4年の少女の詩に『世界原爆詩集』で出会った。庄崎洋子「げんしばくだんのとき」。

　　おかあさんといっしょに
　　あみものをして遊んでいた
　　ぴかぴかと火のようなものが
　　いえにおちてきた
　　まどがあおくなっていた
　　屋根がとんできた
　　わたしはおとうさんに
　　おんぶしてにげました
　　おそろしかった
　　四つのときです
　　まえおったところ
　　広島市天満町
　　いまおるところ
　　南かんおん町

声に出して読みたくなる日本語では断じてない。黙読こそふさわしい。最初からゆっくり詩句を追い，最後の4行「まえおったところ」にいたると，そのそっけない表現がにわかにただならぬ気配と凄みを帯びて，名づけようのない感情がしくしくとこみあげてくる。

どうしてか。4歳のときに父母とともに住んでいた場所は，「広島市天満町」と漢字で書いてある。しっかり記憶に刻むように漢字を覚えたのかもしれない。いま住む「南かんおん町」はどうしたわけか，あっさりひら仮名交じりだ。「まえおったところ」と「いまおるところ」の対比の背後に，痛ましい現実が隠れているに違いない。何の覚悟も準備もなく，一瞬のうちに「広島天満町」の親子の日常は激変した。

4歳で被爆した「庄崎洋子」という名の少女のその後の運命はわからない。投下された原子爆弾ウラン235のアメリカ軍による「愛称」は，「リトルボーイ」であった。この少女とボーイの対置は，歴史上もっとも醜悪なアイロニーというほかはない。

〈寸感〉

文の最初のページの欄外に，いつもと違った丸っこい字で，「k・nさん，いまはげ」と記してある。文章を追いながら既視感があったので，途中で気づいた。「k・nさん」とは私のことで，「いまはげ」とは，拙著『いま，きみを励ますことば』（岩波書店）なのだ。ただし，貸出のノートにはこの本の記録はなかった。ほぼ私の文をなぞって書いているのだが，意外なほど違和感がない。もはや内容は覚えてないということもある

が，ここは前に来たことのある場所だなーと呟きつつ，あたりの風景をぼんやりと眺める気分に近い。ブラック・ノートを拾い読みしてきた限り，笠間保はあまり「k・nさん」の本を読んでいない印象がある。これから先はどうなるか判らないが，すでに書いたものの模写よりも，これから私が書きたいと思っていること，書く可能性のあることを先取り的に文章化されるほうが，興を削がれる。「喫茶店にて」（127頁）がややそうした思いを引きずっているかもしれない。

　そこで書き足しておきたいアイロニーがある。『世界原爆詩集』は，すぐれたアンソロジーで，イギリスの詩人エドマンド・ブランデンの詩「ヒロシマ」も収載されている。後にダンテの『神曲』の名高い翻訳を残した寿岳文章による日本語訳だ。「かの永劫の夜をしのぎ／はやもいきづくまちびとの／……うらみも言わで，颯爽と／立ち上がりたる，心意気」といった声にのせるにふさわしい吟唱調は，文字どおりアイロニカルな結果をもたらすのだが，戦意高揚の勇ましい軍歌を思い起こさせる。声高な詠嘆の対極にあって，小学校4年の少女の詩は，断ち切られた日常の苛酷をはるかによく伝え得ていると思う。

32　自転車の男が叫んだ，見ろ，月だ，月だ
（28冊目，6，7ページ）

　一週ほど間が空き，歯科医院での待ち時間にノートを開くと，旅のエピソードが目に入った。先のアルジェリアと連続した旅程かと思ったが，こちらは新年の話で，季節が合わない。タイトルは「ローマの月」も考えたらしいが，朱字で消してある。

全文を示す。

〈自転車の男が叫んだ，見ろ，月だ，月だ〉

ローマ，1月2日，夜。めざしていたレストランテが閉
店していたので，二軒目の店に向かった。カンディア通り
から裏道に入ると，その一角だけ店内の明かりが街路に広
がっている。開店時間の19時半を少し回っていたが，す
でに満席に近い混み方だった。ベルギー在住のルネッサン
ス音楽の研究者とカトリックの修道女の二人の日本人女性
を含め，私たち四人は調理場の見える席に案内された。

料理が一通り進んでから，生ハムのメロン添えの味が忘
れがたく，追加で注文した。ところが，テーブルで支払い
が済んだあと，私たちはこの代金が請求漏れであることに
気づいた。食事の楽しさを損ないたくないと誰もが思い，
迷いなくウエイターに間違いを指摘し，不足代金を渡した。
一瞬，彼はとまどいの表情を浮かべたものの，「グラーチ
ェ，グラーチェ」と晴れやかな笑みを浮かべて応じた。

テーブルを離れるとき，隣の若いカップルが私たちに話
しかけてきた。ローマ在住の二人の女性が内容を教えてく
れた。

――あなた方は，日本人ですか？　さきほどから，私た
ちは感動しています。ブラボー！　わざわざ店の計算間違
いを指摘して払っていくなんて，信じがたいことだ。すば
らしい。

はからずも私たちはローマの市民に，日本人への尊敬の
念を喚起したことになる。正直に言わないと気になるとい
うモラルの感覚はとても大切だ。しかし，「世界からリス

148

ペクトされる日本」などという居心地の悪い下心のあるキャンペーンなどに，私は関心がない。そのことはともかく，歩きながら，これは必ずしも美談などにならないとあれこれ思いが錯綜した。食後のデザートを一品追加して満腹感を増した程度の行為くらいに考えたほうがいい。

　夜が深くなっていく。修道院の営むバチカン脇の宿に戻るため，敷石のすり減った細道を進み，カンディア大通りに戻ったところで，正面から来た一台の自転車が私たちの間を通り抜けていった。紫色のジャンパーを着た中年の男が，高いサドルに低いハンドルの車体に身をかがめている。

　男は行き交う人々を避けながら，右手を空に向け，「ルナ，ルナ」と甲高い歓声をあげた。私にも聞き取れたイタリア語は，「ルナ」（月）のみだが，同行者に確かめると，「見ろ，月だ，月だ，新年の満月だぞ」と叫んだという。

　奇矯な声をあげる紫のジャンパーの男に，剣呑な事態を引き寄せる気配はなかった。月を指さす歓呼の姿は，365日間いつもお祭り状態のこの都市の賑わいと喧騒に，しっくりと溶け込んでさえいるように思えた。人々は自転車に道をあけるだけで，男の声には従わない。

「ルナ，ルナ」の晴れやかな伝令が遠ざかる。男の指さす南の空には低く，右上弦にかすかな欠落のある巨大な赤い月が昇ってきていた。右側にはサン・ピエトロ寺院の尖塔の影がせまっている。

　私は石畳の道をやや進んでから，もう一度振り返った。紫色のジャンパーが広がり，自転車はゆるやかにバチカン市国の高い壁を這い上り，満月の輝く夜空へと消えていった。

〈寸感〉

『地球の歩き方・ローマ』とか，イタリア関係の旅行案内書が何冊か貸出ノートに記録されていることを思い出した。どれも10年以上前の旧版のはずで，役に立ったのだろうか。

　最期の場面など，シャッターチャンスはなかったのか，などという感想はお節介にすぎないだろう。

　ところで，文中の「食後のデザートを一品追加して満腹感を増した程度の行為」の比喩がどうもすっきりと了解できない。要するに自己満足の行為でしかないと言いたいのだろう。必ずしも「美談」にならない可能性があることは理解できる。たとえば，ウエイターが不足分の金をすぐさまポケットに入れ，個人的なチップとして受け取った場合だ。日本人の客は勘定不足の申告を正直に行なう傾向があるとなれば，店員たちはわざと計算間違いをして稼ぐことになるかもしれない。しかし，何やら後味のよくない推測になってしまった。

33　ネズミ算式
（8冊目，15-28 ページ）

　言うまでもないことだが，私にも日々の生活のルーティンはあり，そうした日常の中に不測の事態も起こる。ここ1週間に限っても，一時停止を無視してきたバイクを避けようとして，私の車は電柱に接触し自損事故を起こしたり，チャージしたばかりのパスモを紛失したり，フェンスの間から保育園の庭で遊ぶ園児たちを眺めていると，園長に不審者と誤解されてしまったり，あれこれと不本意な変化に事欠かない。この程度の偶発

事でも，こつこつ書き記していけば，私なりのブラック・ノートになるだろうか。あれこれ考え始めたら，いくら少閑の読書代わりと言っても，当のブラック・ノートを開くのが億劫になった。それでもしばらくすると，禁断症状などという大げさな習癖ではないが，また飽きもせず読み始めたりする。目に入ったのは，「ネズミ算式」という題のやや冗漫な文章だが，いつものとおり語りの人称は変えずに記す。

〈あらまし〉
　毎年というわけではないが，5月の連休になると上野の不忍の池畔で開かれる骨董市に出かける。おおよそ20店舗ほどのテントが並ぶ。古陶磁器，古着の店が多いが，玩具の専門店，芸能専門の古書店などもある。そうした中にあって，何を中心に売りたいのか不明で，ジャンル分けなど無視したガラクタ物ばかりが並んでいて，覗くのが楽しみな店があった。
　店主は長い白い顎髭を垂らして，いつも店の奥に置物のように鎮座していた。ところが，いったん品物の説明を求めると話が長くなり，入手の由来の解説が物語風になったりする。立派な顎髭の似合う老賢人のように，口調はゆったりとして重々しい。
　例えば，20世紀初頭にアメリカで博徒の所有していたトランプの場合がそうだった。蔓草模様の中央部に，微細な長短の細工を施した数字が判別できるらしく，カードを一枚一枚見せながら，いかさま師が実際に使っていたものだと説明した。アリゾナのグレンデールという場所で開いた賭場でインチキがばれ，両手の指をハンマーで砕かれ

たいきさつも，さも見てきたように話した。しかし，いくら目を凝らしても，私には微細な細工など見抜けなかった。老店主にだって判別できたかどうか，怪しいものだと思う。もちろん，そんなトランプ・カードなど買いはしなかった。

　実際に入手したものは，ドイツの 1930 年代のカメラ「ローライフレックス」のツァイスのレンズ付きだった。中古カメラ屋の相場よりも一桁も安く，手回し蓄音機などと一緒に雑然と置いてあった。事情を訊ねると，壊れていて使えないが，修理できれば，お買い得だろうという。戦前に東京のドイツ大使館から来た外交官が，霞ケ浦に車ごと転落した。本人と同乗者はともに助かったものの，持ち物は水没し，カメラも水濡れ品になってしまった。購入したそのカメラは，何度か修理を試みたものの作動せず，結局はオブジェに収まっている。

　珍しいような珍しくないような逸品も一つ買い求めた。ただし，不燃ごみに出したので，今は手元にない。5 年ほど前，店に寄ったときのこと，ガラクタの店にしては，古くもないし，希少とも見えないパソコン用のワイヤー付きの黒いマウスがあった。最初期のソニーのウォークマン，修学旅行専用車「日の出号」のオレンジ色の鉄道模型，大きな天眼鏡の間にひっそりと置かれていた。隙間に首を突っ込んで尻が出ている，まさしく黒っぽいネズミに見えた。なぜこんなつまらない物が商品になるのか分からなかった。

　わたしにも分からんのです，と老賢人らしからぬ返事をした。ネズミ算が得意な珍しいマウスらしいが，どうも増やすのは数じゃないらしい，じゃ何を増やすのかと気になるわけだが，わたしはパソコンなど縁がないから知らん。

鎌倉に住んでいた劇作家の遺品らしい。だが，特にいきさつは聞いていない。100円の値をつけているが，欲しければ金は無用，持っていけばいい。

　パソコンの付属物のマウスはマウスでしかなく，店主の説明も不可解ではあったが，それでも私は捨てられた小動物を引き取る気分で貰い受けてきた。普段はワイヤレスのマウスを使い慣れているので，しばらく放置した。それでも，老店主の謎めいた話が気になって，黒ネズミの尻尾をパソコンにつないでみた。カーソルが動き，取り立てて変わった兆しはない。

　翌朝，店主のとまどいながらも重々しい話しぶりを思い出しながら，黒マウスを使うと，カーソルはこちらの意志に反する緩い動きを示す。からかい半分で，すべて平仮名で書いてみた。

「おもいどおりにつかえないまうすなど，はやくえんをきるにかぎる。それでも，いちどくらいはつきあってやろうと，いをけっしたものの，どのようなぶんでもそうだが，はじめかたにまよい，まうすをにぎり，しばしこくうをみつめて，がめんにもどり，またまよいつつ，とりあえず，かきだしてみると，えたいのしれないふきつなかたまりがわたしのこころをしゅうしおさえつけていた，などとかじいもとじろうのれもんのぼうとうぶんになってしまった」

　この文全体をカーソルでなぞり，フレーズごとに変換してみる。

「思い通りに使えないマウスなど，早く縁を切るにかぎる。それでも，一度くらいは付き合ってやろうと，意を決したものの，どのような文でもそうだが，始め方に迷い，マウ

スを握り，しばし虚空を見つめて，画面に戻り，また迷い
つつ，とりあえず，書き出してみると，えたいの知れない
不吉な塊が私の心を終始圧えつけていた，などと梶井基次
郎の檸檬の冒頭文になってしまった」

　特に変わったところはなく，順調に変換されている。常
用ではない「圧えつけて」の「圧」が原作どおりに置き換
わり，標準的な表記の「抑えつけて」にならないところな
ど，期待以上のものだ。そう思った瞬間，私はマウスを手
の平に包んだまま何気なく左クリックした。するとカーソ
ルが勝手に跳ね，前とは打って変わった素早い動きで，文
字面の上を走り抜け，新たに変換した文を映し出した。
「いらいら，やきもき，じりじり，思い通りに動かず，働
かず，使えない，役立たずのポンコツの老朽マウスなど，
おさらば，バイバイ，さようならと，ぐずぐずせずに，一
刻も早く縁をばっさり，いさぎよく切るにかぎる。それで
も，まあ仕方ないので，しぶしぶと一度くらいは付き合っ
てやろうと，どんよりと意を決したものの，名文，達文，
悪文，駄文，あれやこれや，どのような文でもそうだが，
さあ書くぞと意気込む書き始め方に，あーだ，こーだ，こ
れでどうか，まだだめか，うろうろ，とぼとぼ迷い，手を
握りではなく，マウスを握り，いいか，でも，やはりだめ
かと思いめぐらし，知恵をしぼり，しばし虚空を見つめて，
溜息を洩らし，よし行くぞと画面に戻り，性懲りもなくま
た迷いつつ，まーいいか，こんなもんでと諦め半分で，と
りあえず，おう，いいじゃないかと，意外な手ごたえ，傑
作だと，また虚空に向かって呟いて，喜悦とともに書き出
してみると，〈えたいの知れない不吉な塊が私の心を終始

圧えつけていた〉とは，何だ，くそ，ぬか喜びか，梶井基次郎の『檸檬』の冒頭文になってしまった。きょうは止めた，酒飲んで寝る」

　黒マウスの隠された特技はこれだったのか，と私は思った。これを使うと，文に修飾語が自動的に増えていく。意味のある語句かそうでないかに関係なく，文を賑々（にぎにぎ）しく増殖させるのだ。しかし，ネズミ算とは大げさで，それほど派手な働きはないように思える。かつては，そうであったが，今は古くなって余力を残していないのかもしれない。ことによると，かつての持ち主の劇作家が使い尽くしてしまったのだろうか。

　私は黒マウスに呼び掛けて，試しに短い新たな文を入力してみた。
「風が遠くから雲を運んできたとき，光は雲層を照らし出した」

　カーソルを動かし，変換指示をした。思案気な間があって，文章があらわれた。
「風がはるか遠くから，密集した雲々を長い木霊（こだま）を響かせるように，ゆっくりと運んで，き，た，とき，深く，青い，空から，き，ら，き，らと降り注ぐ光は……，雲層の断面を，まる，で……襞（ひだ）を持つ白く……ふんわ…ド，ドレ，スの……よ，うに，照らし……だ，だ，だ，照らし，照ら，照ら，照………………」

　黒マウスは作動しなくなった。いくらクリックしても，カーソルは反応しない。「照」という字を最後に命脈尽きてしまったようだ。かつての「ネズミ算式」の文章増殖の活力を回顧し，これを名残りと「照らし」出そうとしたの

155

かもしれない。これまでどれほどの酷使に耐えてきたのか。嬉しくも私のところに辿り着き，わずかに残った「ネズミ算式」の文飾の力を見せてくれた。しかし，しょせんマウスはマウスに過ぎない。私の湿っぽい感慨はそこまでだった。黒マウスは不要になった延長コードや携帯の充電器といっしょに，不燃ごみとして処分した。

〈寸感〉
　貸出ノートに記録はないのだが，「ネズミ算式」の着想の元になっている小説はほぼ推測できた。ジャック・フィニイの短編「従兄レンの驚異の形容詞壺」（田村義進訳）ではないだろうか。
　従兄のレンは『ネイチャー』誌のコラムを気乗りしないまま書いているのだが，性に合わない仕事の憂さ晴らしに，質流れの店に立ち寄っては珍しい品を買いあさっていた。ある日，レンが手に入れたのは洗練された形の錫の合金製の壺だった。
　翌日，レンがコラムを書いているとき，原稿用紙のそばに壺を置くと，文章がすっかり変わってしまうことに気づく。「妖精の森の宝石を散りばめたような梢は，寂として静まりかえっている」と書いたはずが，「森の梢は静まりかえっている」となる。この古い壺は，不思議な働きがあって，文章に近づけると，過剰に意味を強調した形容詞（ときに副詞も）を吸いこんでしまう。文章との距離の加減によって，壺は重い形容詞から軽い形容詞へと，まるで掃除機のように吸うのだ。レンはこの形容詞壺を磁石のように動かしながら，コラムを書き続けると，引き締まった文章が評判を呼び，読者の数も増えていった。
　壺は一週間で満杯になり，窓から街に向けて散布する。舞い上がった形容詞や副詞は，紙吹雪となって流れていき，ときに

買い物帰りの婦人の物価上昇を嘆く会話に紛れこみ，「うるわしき家計は，きらめく，きかん気な，寓意的火の車ですわ」となったりするのだ。

　ジャック・フィニイの「従兄レンの驚異の形容詞壷」は，『ことば四十八手』（井上ひさし編，新潮社）に収録されている。笠間が意図して貸出ノートに記録しなかったのか，それとも忘れたのかは判断できない。したがって，「ネズミ算式」の黒マウスは，「鎌倉に住んでいた劇作家」の持ち物だったと述べているが，井上ひさしのことをイメージしていたのか否かも不明だ。

34　9という数字に呪いはあるか

　ブラック・ノートの9冊目の9ページに何が書いてあるのか，気になりだした。そんな取り留めのない気分が湧き起こったのはごく単純な理由からで，マーラーの交響曲第9番とピエール・ブーレーズがマーラーを論じたエッセイが影響している。

　たびたび思い立つというわけではないのだが，夜も更けたというのに，一つの曲を異なった演奏で聞き比べたくなることがある。ピアニッシモのアプローチの仕方，ソロ楽器のメロディの歌いだし，フィナーレのテンポ感，カデンツァといったように部分的な聞き直しも多くなり，眠気が遠のくどころか，いよいよ頭がさえてきてしまう。ヒーリングミュージックを聞くような就眠の儀式とは正反対で，夜を拒み早く朝に辿り着こうという転倒した意識のまま時間を過ごす。

　その夜は，マーラーの交響曲に気分が向いた。繰り返しよく

聞くのは3番だが，久しぶりに9番となった。終楽章のあまりに美しいアダージョをはじめ，闇に吸い込まれ，深淵に身を浸していくような曲で，頻繁に聞けるものではない。バーンスタイン指揮で，イスラエル・フィルハーモニーの演奏会を体験した音楽評論家が，「告別シンフォニーにふさわしい，言い知れぬ余情を残す，深遠な魂鎮めの音楽だった」と言ったことを思い出す。

　カレル・アンチェル指揮，チェコフィルハーモニー。それと迷った末に，晩年のマーラーの悲劇的な人生への思い入れを後景に退ける，悠然としたテンポで純音楽的に鳴り響く演奏がいいと思い，カルロ・マリア・ジュリーニ指揮，シカゴ交響楽団のCDを選んだ。たっぷり，3時間はかかる。夜半の目覚めのまま，朝に辿りつくことになるだろう。

　魔が差したと言ってしまうのは，いかにも大仰なのだが，曲の始まる前に，何気なく『ブーレーズ作曲家論選』（笠羽映子訳，ちくま文庫）を開き，「今日的なマーラー？」と何やら反語的なにおいを放つタイトルのエッセイを眺めた。しかしこの「におい」は，まぎれもなく「臭み」で，オペラ指揮者として活動してきたマーラーの作曲上の痕跡を次のように記すのである。

　　交響曲という高尚な領域に，彼は演劇の邪悪な種を大量に撒き散らした。つまり，感傷性や，卑俗性や，無礼で耐え難い無秩序が，この［交響楽という］監視付狩猟地に騒々しく長々と姿を現わしたのだった。けれども，一握りの熱烈な愛好者たちは，死後の追放地で，寝ずの番をしている。

理解しやすい言い回しではないし，的確な指摘かどうかも判らない。ただし，「熱烈な愛好者たち」は「一握り」ではないだろう。このような言い方をするブーレーズ自身，14枚のCDからなる『マーラー交響曲全集』というメモリアルな仕事を残している。情緒過多の熱演的身振りと距離を置き，楽譜を精緻に解析した美しいテクスチャーと芳醇な響きを実現したその卓抜な演奏は，私自身もその一人だが，多くの「熱烈な愛好者たち」を持つ。

　しかしその夜遅く，私が反応したのはもっと素朴なことで，マーラーの音楽を守って「寝ずの番をしている」という文言だ。たまたま私は奇特にも「寝ずの番」をするつもりだったのだから。苦笑しつつ，同じページで目に入った文章がある。しばしば対になって登場するブルックナーとマーラーは，交響曲のカストルとポリュデウケス（ゼウスとレダの間に生まれた双子の神）であり，ひとつの繰り返されてきた神話があると，次のように続ける。

　　　ベートーヴェン以降，九より先に行くことは不可能だという神話。交響曲の王朝は，それが運命的な数字を乗り越えようとするや否や，運命の襲撃に遭うのだ（その後，何人かの才能的により劣った作曲家はそうした壮挙に成功したが）。

　この「神話」は，別名「第9番の呪い」として知られているものだ。ベートーヴェンが第9交響曲を最後に，第10番を完成させずに世を去ったことに始まった，交響曲第9番を作曲すると死が訪れるという因縁話である。ベートーヴェンのほかに，

159

ブルックナー，ドヴォルザークが，交響曲としては9作で生涯を終えている。とりわけマーラーは重度の心配性からこのジンクスに取り憑かれ，第8交響曲の完成後，9番目の交響曲を作るのを回避し，二人の歌手を登場させ，6楽章からなる疑似交響曲『大地の歌』を作曲した。結局，8番から迂路を通って第9シンフォニーまで行き着いたのだが，ブルーノ・ワルターによって初演されたのは作曲者の死の1年後だった。

　ついでに言えば，「運命的な数字」の乗り越えに成功した「才能的により劣った作曲家」としてブーレーズの念頭にあるのは，あからさまに嫌悪を示すショスタコーヴィッチだ。精緻を極めた楽曲分析を進めるブーレーズの音楽的知性からすれば，楽譜的には凡庸で稚拙な曲に思えたのかもしれない。しかし，私には不当な評価と感じられる。例えば，代表作とは言い難い第9番に限ったとしても，バルシャイやスヴェトラーノフの指揮で聞けば，怒り，嘲笑，皮肉，歓喜，断念といった錯雑とした自己韜晦の感情が，楽器間の多彩な対話の渦となって響き合い，聞き手の感情を揺らす刺戟的な交響曲だ。第二次世界大戦のソヴィエト戦勝祝賀曲などというものは，当局に向けた表層的な身振りにすぎない。

　すっかり気が逸れて，気がつくと午前4時になっている。そろそろオートバイの音が近づき，新聞が届く時間だ。まだ眠気は来ない。9という数字に呪いはあるか。半ば冗談のように思い浮かんだ関心事ではあるが，就寝を先送りにして，ブラック・ノートの9冊目の9ページを確かめてみることにする。

35　ご免なすって，どちらさんも，ご免なすって
（9冊目，9 (8) -15 ページ）

　いささか妄念が空回りしたかもしれない。「告別」とか「呪い」とか，9に特別な文章との遭遇を期待したのだが，そうした思い入れはあっけなくも外れた。9ページには，「リア王の母」と題する着想だけのメモ書きが，しかも朱字の斜線入りの消去の扱いで下半分に記載され，上のスペースは8ページから続く「ご免なすって，どちらさんも，ご免なすって」とタイトルのついた文が横切り，前書き風の文章の後に，うねうねと，酔狂な文体で15ページまで続いている。以下が全文だが，「リア王の母」の案文も，取り消しになっているとはいえ，無視するのは惜しい思いつきなので次の36に紹介しておきたい。

　〈ご免なすって，どちらさんも，ご免なすって〉
　借りてきた文学関係の本をあれこれ眺めるだけでも，まるで現代小説の伝家の宝刀のように，「マジックリアリズム」という言葉を散見する。ガルシア゠マルケスをはじめ，とりわけラテンアメリカ作家の特徴的な手法で，非日常，超常的な事象を平生の日常に生起する出来事のように，あえてリアリスティックに表現する方法，と差し当たり言えるようだ。私のように写真の仕事をしていると，意図的な狙いではないにせよ，偶発的にマジックリアリズムの映像が出現することがある。少年野球をしている小学校の校庭で，レフト方向に打ち上げられた白球を追うレンズが捉えた映像が一例だ。ちょうど近くの木立からウサギの飼育小屋に跳び移る猫がいて，その前足が空に伸び，遠近の詐術

で白球をキャッチしにいく構図となった。

　それはそれとして，私には落語の「首提灯」など，語り
直し次第で，マジックリアリズムの面白い実例として示す
ことが可能な気がするが，はたしてどうだろうか。以下，
語り直しを試みる。

　——知ってるかい？　剣の達人に切られると，あまりの
腕の良さに，切られた当人も気がつかないほどだってさ，
ほんとうかい，でもよ，おれが自分で試してみたいなんて，
これっぽちも考えているわけじゃねえぜ，けどさ，切られ
て鼻歌を唄うやつもいるって，聞いたよ，のどかな話で，
けっこうなもんだ。いやいや，侍っていうヤツは，困った
もんだね，なまじ両刀をさしているからさ，その気になり
ゃ，すぐに人殺しができる。だから，へたに怒らしちゃ危
ねえことくらいは，町人なら子どもだって知ってるさ。と
ころが，酒がまずいのよ，まずいって酒のことじゃなくて，
酔っぱらって気がでかくなっていると，危ねえっていうこ
とさ。飲んだくれて，勢いづいていると，つい侍が相手で
も，からんだりする。こいつが困ったもんなんだ。
　ウイーっと，いい気持ちの宵だね，よい，よいってなも
んだ。それ，こりゃこりゃ，げぷー，あはは，ひさしぶり
に品川でも繰り込むとするか，女に元気がいいところを見
せてやろうかね，女がよ，おまえさんの顔を見ないと虫が
おさまらないんだよ，なんて言いやがってさ，おれの顔は
虫おさえの顔だ，えへへ，この色男め。あんたいつも強い
ね，なんて本当のこと言われちゃってさ，えへへのへ，こ
の助平野郎め。

おっと，いけねえや，やけにさみしいところに来ちまっ
たな，もう四つを打っちゃって，誰もいやしねえし，この
頃，世の中ぶっそうだしな，こっちはたまたま懐があった
けえとくらあ，えっへ，あぶねえ，あぶねえ，げぷー，し
ょうがねえ，唄でもうたって景気づけるかね，惚れーた，
惚れた女の深情け，金はいらない，心が欲しいー，泣いて
すがるも，夜明けが近いー，うひっとくら，惚れて，惚れ
ぬく……。
「おいおい，おい，そこもと」
　なんでえ，いきなりよー，おう，おそろしく背が高い野
郎だね，上の方の重しが軽いやつほど背は伸びらー，おれ
は脳みそが特別醸造で，ずっしり重くてチビなんだ，文句
あるか，ちくしょうめ，で，何か用かい，おじさんよ。
「おじさんとは，何を申すか」
　何だと？　おめえのほうで，おいおいって言ったろう，
おれが甥なら，てめえは叔父さんかい？　いいね，小遣い
でもくれるのかい，この丸太ん棒め。
「人に向かって丸太ん棒とは，はなはだ乱言であるぞ」
　何を言ってやがる。らんげんも，インゲンも，腹加減も
あるかい，何の用なんだ，用があるなら，早くしろい，お
れだって，先を急ぐんだ，虫のおさまらねえ女が，首を伸
ばしてお待ちかねだい。
「それがしは，江戸表に勤番に参った者だが，土地不案内
で道が判らん。麻布に帰るには，町人，どう参る？」
　へっ，なんだ，道をきくのかい。町人，どう参るだと，
どうとでも勝手な方へ行きやがれ，この田舎侍，足を互い
違いに動かしてみろい，誰だって前に進むだろうが，東西

163

南北好きなように，どんどこ歩きゃ，いずれは同じところに着くだろうよ。江戸っ子はつむじが曲がってるんだ，そんな道の聞き方じゃ，誰だって教えるもんかい，いやな野郎だな。

「おのれ，酔っておるから不憫を加えておったが，最早ゆるさらん。これ，この二本差しが，そのほう目に入らんか」

てやんでい，そんな長いものを目に入れりゃ，サーカスで大人気の曲芸師になれるぞ。それによう，たったの二本差しが恐けりゃ，鰻の蒲焼は食えねえや。気の利いた蒲焼なら，五本も六本も串を刺してらあ。そんな鰻，喰ったことはねえだろう，貧乏侍め。おれも久しく喰ってねえけどよ。ははあ，てめえ，道きくふりしやがって，ほんとうは追剥だな，おう，今宵はいい稼ぎがあったかい。

「もうよい，あっちへ行け，さっさと消えろ」

ふん，顎でしゃくりやがったな。てめえは，顎で人さまに指図するほど偉えのかい，追剥じゃないとすりゃ，試し斬りか？　おじさんよ，斬ってもらおうじゃねえか，腰抜けの竹光侍め。えい，ペッ，ペッ。

「おのれ，武士に向かって唾を吐きおったな。殿から賜った大切な紋付を汚すとは，もはや捨て置けん」

うおっと，と，ヒューと冷たい風が過ぎたな。でもよ，何やってんだい，懐紙で刀を拭いている場合じゃないぞ，達者な居合抜きの腕前は認めるけどよ，達者も勢いが余りすぎりゃ，うつけも同然，おい見てみろ，と言っても自分じゃ見れねえか，おじさん，おのれの首を斬っちまっちゃ困るだろうよ，この先どうすんだい。しかし器用なもんだね，どうやって自分の首まで腕を回したんだい。器用貧乏

とはこのことか，貧乏侍め。なんだ，逃げるのか。突き袖
にして謡をうなるなんぞ，気取った野郎だ。おれはこれか
ら，品川の虫食い女，じゃなかった虫女でもなかった，え
ー，もうどうでもいいや。さーてと，おっ，スー，スー，
スースカ，変な具合に息が漏れるぜ，早くこの色男の顔を
女に見せなくちゃ，でもよ，おっとと，首が勝手に横を向
きやがるんだ，歩くときぐらい正面に向いてもらいたいね，
危なくてしょうがねえや，川でも飛び込んだら，おだぶつ
だ。

　なんまいだーなんまいだ，命は大事にしなくちゃな。お
っとと，なんだいおれの首は，やけに行儀が悪くなりやが
った，普段からちゃんと躾けておけばよかったな。うへ，
落っこっちまうじゃねえか，このおれに断りもなしによ。
こんなガタつく首じゃ，不便でしょうがねえや。どうした
のかね，なんだか襟のあたりが，ネチャネチャ，ベタベタ
するぜ，おっ，おっ，斬りやがったな，ちくしょう，芋侍
のやつ。斬るなら斬るで，口上くらい言ったらどうだ。な
にしろ，首がかかってんだからな。最近の侍はモラルに欠
けるぜ。あーあ，そんじょそこらのボンドじゃ，いくら強
力でもくっ付かねえだろうな，アロンアルファ・エクスト
ラもふたを締め忘れて，乾いた古いやつしかねえし。

　仕方ねえ，とりあえず両手で押さえるか。おう，何だ，
ジャンジャンジャン……，半鐘の音だな。こりゃいけねえ，
まずいところに火事が起こったな，へっ，大勢逃げてくる
ぜ，混み合ってきたな，おい，押すな，押すな，危ねえじ
ゃねえか，こっちは，壊れ物を持っているんだからな，命
より大事な壊れ物だぜ。ちぇ，ぐらぐら落っこっちまうよ，

胴体も胴体だ，ちゃんと首を見張っててくれなくちゃ，どだい胴体とはいえんぞ。

　そうか，そうか，よいしょ，首を外して，こうして提灯にして運びゃ，具合がいいや，ほい，ほいと，上の方がやけに涼しくなったな，まあ，いいや。ご免なすって，どちらさんも，ご免なすって，通しておくんなさいよ，おい，なんだ，なんだ，おれの真似をしているやつがいるぜ，ちょっと，そこの先を行くおっさんよ，おっ，おっ，なんだこいつは，丸太ん棒じゃねえか，また会ったな，おっさんも首を提灯にしちゃったせいか，背はへこんだな，当たり前だけどよ。

「なんだ，さっきの無礼な商人か，あっちへ行け」

　バカ侍よ，先におれが行くと決めている道だぜ。

「スース，スース，息が抜けて何を言ってるのかわからん。そもそも，どこから喋っておるのだ。提灯が口を利くとは，無礼千万，何事だ」

　ばかたれめ，何を言いやがる，そいつはお互いさまだろうが，第一よ，てめえのせいだろうが，首提灯侍め，首提灯はおれも同じか。へっ，みっともねーことしやがってよー。もう，女はあきらめだ。ちくしょう，こんな提灯，みやげにもできねえ，あちち，火の粉がきやがったぜ。

　おい，どけ，どけ，こっちは先を急いでいる身なんだ，もうとっくに先がなくなっちまったから，なおさら先を急ぐんだ，先とはそういうものなんだ，わかるか，ばかものどもめ，ちぇ，悔しいから，歌でも唄っていくか。

　ああ，それ，それ，酔っ払い，お弔い，お侍，お弔い，それ，それ，酔っ払い，お弔い，お侍，お弔い……よっぱ

ら，い，い，スースー，スース……。

〈寸感〉
「首提灯」のかなり大胆な改変だと思うが，「マジックリアリズム」の私家版の用例をこんな素材から作ったことは，はたして快挙なのか軽挙なのか愚挙なのか。六代目の三遊亭圓生と八代目の林家正蔵の名高い「首提灯」の高座があるが，どちらのオーディオ・ブックも笠間が借り出した記録はなく，何をテクストにした話なのか判断がつかない。しかし，いま再読してみたのだが，細部を過剰に膨らませた野放図な擬作は，リアルな超常性が気色悪さと紙一重の笑いを誘う。

　ところで，9の呪いはどうなったのか。夜更けの妄念も朝を迎えてしまうと（ただいま7時15分），まさしく深夜のマジックが解け，リアルな陽光の眩しさを浴びるなかで，収縮してしまった。それでも，告別としての9という数字について言えば，「首提灯」の末尾で酔っ払いが雑踏で叫ぶ，「こっちは先を急いでいる身なんだ，もうとっくに先がなくなっちまったから，なおさら先を急ぐんだ」という超論理の台詞は，マーラーが交響曲第10番を未完のまま世を去った生涯と（ちなみにブルックナーは第9番の第4楽章が未完のまま終わった），何やら面妖に呼応しているかもしれない。と，一応は真面目に応対しておく。

36　リア王の母（メモ）
（9冊目，9ページ）

　前話で述べたように，これは構想メモのような形で半ページ

ほどのスペースに記載され，しかも斜線を引き，取り消しの扱いになっていたものだ。「ご免なすって，どちらさんも，ご免なすって」を読むかたわら，たまたま目についたに過ぎないが，この案を引き取って，束の間，私自身がアダプテーションを試みようかという思いが揺れた。束の間に過ぎなかったのは，シェイクスピアの悲劇の中でも，『リア王』はとりわけ複雑なサブプロットを持ち，その創造的改変のやっかいさを予期したからだ。というか，このことに限らず手の込んだ操作を要することは，何につけわずらわしい気分がどんよりと心中に居座っているに過ぎないのだが。

　笠間の書いたメモ書きに触れる前提となる『リア王』の要点を記しておきたい。古代ブリテン島の老王リアは退位を決意し，王国を三分割して3人の娘たちに自分への愛情告白をさせ，その孝心の篤さに応じて領地を与えると宣言する。長女ゴネリルと次女リーガンは巧みな美辞麗句で老王を満足させる。ところが末娘のコーディリアだけは，一切の虚飾をまじえず，その愛は子としての義務以上でも以下でもないと率直に言う。リアは期待を裏切られて激怒し，ただちにコーディリアとの血縁を断つと宣言する。領土と王権は二分され，姉たち2人のものになる。しかし2人はいったん領土を手に入れると，リアを虐待し，従者の数も削減してしまう。あげくの果てに，姉妹は結託して悪計をめぐらし，父王を追放する。

　リアは娘たちの仕打ちに悲憤し，この世のすべてを呪いながら，嵐の夜の荒野をさまよい歩く。狂乱の姿となった父王のもとに駆けつけたのは，縁を切った最愛の娘コーディリアであったが，この先に大きな悲劇が待ちかまえている……。

　ブラック・ノートに記された文は以下の通り。

〈リア王の母〉（メモ）

　日本の戦国時代に舞台を設定した黒澤明監督の『乱』。三姉妹は息子に変更。孝虎，正虎，直虎。ならば，ゴネリル，リーガン，コーディリアは，リアの3人の母に変える設定はどうか？　この場合，リアは精巧なAI（レプリカント），設計はゴネリル，制作はリーガンが担当。コーディリアは，姉2人の真意がわからず，消極的で成り行きを傍観。3人の感情移入を防ぐため，リアは老人の姿に造形。すぐれたインテリジェンスを備えているが，一つ設計ミスあり。人間の感情を学習していってしまい，だんだん母たちの喜怒哀楽の感情の増幅装置と化す。乱高下する気分の拡大と喧騒。疎（うと）ましく思ったゴネリルとリーガンはリアの廃棄を決定。解体作業の前夜，コーディリアはひそかにリアを抱きかかえ，屋敷から逃亡を試みる。だが，高性能であってもリアはコーディリアの心情が解析できず，倒錯的な事件を招き，悲劇的な結末。

〈寸感〉

　AIリアの先行きもさることながら，斜線で消してあること自体が思わせぶりで，放棄した意図が判らない。先の私の消極的な心向きと似ているかもしれない。原作の『リア王』に従うならば，3人の娘たちをめぐって進行する物語の主筋のみならず，2人の息子たちとの家督相続をめぐる，家臣グロスターの入り組んだ親子関係の確執といったサブプロット，さらに重要な道化の役割など多岐にわたって創案しなければならず，煩労をいとい，メモ段階で終えたのかもしれない。

笠間保はどの版で『リア王』を読んだのか，例によって貸出ノートを確かめたのだが，記録はない。彼自身の本だったかもしれない。なぜそれが気になるかと言えば，私の持っている本のうち，大場建治による『対訳・注解　リア王』（研究社）ならば，次のような書き付けを挿みこんであったからだ。

> 　もしこの劇に家族論的なアプローチをするのならば，脇筋のグロスターの父子問題も無視できないし，さらに道化的「さかさまの世界」からの視点も興味深いものがある。「愚者の王国は，反秩序の王国，つまり一種の〈さかさま世界〉であって，道化の歌の中でリアは一人の鞭打たれる子どもであり，娘たちは母親である」（M・C・ブラッドブルック著『歴史の中のシェイクスピア』岩崎宗治・稲生幹雄訳，研究社出版）

　紙片はそのまま入っていた。笠間のAIリアは，映画の『乱』から発想が4回転ひねりのようにジャンプして，思い到ったのだろう。

37　神保町で声を拾う
（19冊目，19-26ページ）

　もはや9という数字への特別な妄念など，あっけなく消えてしまったが，出がけに鞄に入れてきたノートが19冊目，電車の中で開いた場所が19ページ。だからどうなのだ，となるわけだが，このようなさしたる意味のないことをわざわざするの

は，隠れた意味を呼び寄せようとか，何がしかの奇縁に遭遇しようと思うからだ。ところが，結局のところ意味のないことに帰着するのであるから，ありていに言えば，この振る舞いは，ブラック・ノートへの厭（あき）の兆しかもしれない。それでも，神田神保町の古書店街で遭遇した出来事のスケッチを読むと，私にとって長年なじみの場所から，いつもと異なる声が聞こえてきて楽しめた。以下，引用は全文。

〈神保町で声を拾う〉
K書店
　二十年ほど前のある春の日。靖国通り沿いのK書店に入ると，店主が浮かぬ顔で常連らしい客と話をしていた。壁の片面の棚は空になっていて，閉業まぢかの店の雰囲気だった。私は落ち着かない気分で反対側に残った本を眺めた。
「そりゃ，買ってくれるのはありがたいけど，気味が悪いですよ。とてもふだん読書なんかしているように見えない，黒っぽいスーツを着た男が二人，店に入ってきて，この棚にある本，ぜんぶ買うから急いで車に入れてくれって言うんですよ。通りにワゴン車が2台，止めてありました。わけが分からないし，からかわれているかと思って，ぜんぶの本と言われても意味不明なので，どのようなジャンルの本ですか，と尋ねたんです。そうしたら，何でもいいから，急いでこの右側にある本を車に入るだけ積んでほしいって。でも，お客さん，値段の計算があるので，夕方くらいまで待っていただかないと無理ですって答えました。何か気味悪くて，早く退散してくれないかな，と思いましたよ。そ

うしたら，アタッシュケースを開けて，むき出しの札束を二つ，どんとカウンターに置くんです。二百万円あるから，これでまけてくれませんかって，とても丁寧な口調で頼んできました」

「へー，二百万円。何ですか，その客？」

「まったくね，ちょうど通りかかったＹ書店の青年にも助けてもらって，運びこみましたけどね。体がどうのこうのより，すっかり気持ちが疲れちゃって。もう今日はおしまいにしたい気分です。あっ，すいません，お客さん，お待たせしちゃって。でも，ごらんのとおり，すっかりからっぽで，お探しの本，何かありましたか？」

「ええ，この『バルテュス頌』，いただきます。いま，そばでお話を聞いていたんですが，何者なんですかね。そんなめちゃくちゃな本の買い方をして」

「何でしょうね，まったく」

「テレビとか，映画関係の人じゃないんですか。古書店のセットが急に必要になったとか」

と常連客が言った。

「どうですかね，それだったら，うちにロケに来るほうがずっと安上がりでしょう」

店主がそう応じたとき，かつて錦糸町の飲み屋のママさんから聞いた話を私は思い出した。

「大阪の話ですけど，裏ものばかり扱っているポルノショップに，警察の手入れが入るという内通があって，大急ぎで古本を大量に買いあさって，あっという間に古書店に変身させたそうです。月の売り上げが２千万もあった店とか。ただし，書店名のシールがべったり貼ってある本はだめで

すから，お宅みたいに鉛筆で値段が書いてあるやつがいい
のです。きっと下見もしたんでしょうね」

「はあ……」

　と店主は言いながら，眼鏡を外して額をハンカチで拭い，
急にだまりこんでしまった。理由はわからない。それから
何年たってからだろうか，Ｋ書店は閉店し，跡地に定食屋
が建ち，それも消えてラーメン屋になった。

Ｔ書店

　店頭のワゴンセールを含め，品ぞろえは魅力的で，私の
ようにブックマニアとは程遠い人間から見ても気になる店
で，棚の奥へと吸い込まれてしまう。ただし，この店の親
父は見た目も口のきき方も無愛想の標本のような人物で，
気の弱い客などは，金を払うときでさえ，びくびくするこ
とになる。あげくのはてに気圧されて，客のほうが丁寧に
お礼を言ってしまったりする。これは一度，目撃したこと
だ。それでも，さすがに最近は歳を取り，かつてのように
本の戻し方が悪いと，にらみながら舌打ちして警告すると
いった不機嫌な態度を見せることは少なくなった。妙なも
ので，客としては少し寂しい気分になるのだから，人の心
は我がままで，勝手なものだ。

　その日も，親父が店番をしていた。置物のように，ただ
そこに鎮座していればいいのだが，相変わらず不機嫌さの
放射線をあたりに放っている。電話が鳴り響く。親父は受
話器を取らない。いつまでも鳴り続ける。外で本の整理
をしていた店員がしぶしぶと入ってきて，代わりに受けよ
うとした。すると親父は何も言わずに，珍しく気弱な顔で，

放っておけと手で合図した。しつこいクレイマーでもいるのだろうか。本当の理由は判らない。店を出た後，頭の芯のほうに電話の呼び出し音がしばらく残った。

　X書店（一誠堂の近くだが，店名を忘れた）
　同じ日。入口近くにセット物が積んである。私とは無縁なものばかり。予算もないし，置くスペースもない。右の文庫の棚に直行。昔の旺文社文庫で，本橋成一の写真の入った西田敬一著『サーカスがやってくる』を400円で見つけ，カウンターに向かいかけたが，正面の壁の貼紙と出っくわした。「万引きは犯罪です！　今月の検挙数，2名」と大書した警告文だ。やめておけばいいものを，右手に旺文社文庫を持ったまま，私は貼紙にしみじみと見入ってしまった。今月はまだ6日しかたってないのに，2人ということは，月に10人になる計算だ。発覚しないとなれば，店には打撃だろう。でも，この店だけの検挙数か，それとも神保町書店街全店の総数かは不明だ。
　ふいに我に返ったとき，男女の若い店員2人の視線が刺してくる。その視線を押し返してカウンターに近づくのが面倒になり，『サーカスがやってくる』を棚に戻しにいった。はからずも私は挙動不審の人物となったわけだが，なぜか芝居の舞台を終えたばかりのような昂揚した気分だった。
　天ぷらの「はちまき」で遅い昼食をすませ，S書房に立ち寄ると，先ほど買うはずだった本橋成一の写真入りの文庫が300円であった。こんなことが起こる日もあるのだ。

N 書店

　これも同じ日。20 代半ばの女性店員が店主に電話をしていた。

　もしもし，店長，いまどこですか？　さっき値付けをしてほしいというお客さんが来て，1 時間以内に返事が欲しいって言うんです。電話できます？　それで，1 時間以内に値がつけられないんだったら，無理だという電話がほしいそうです。40 代初めくらいの人です。ええ，男性。言ったとおり，正確に仕事をしてほしいって，念を押していました。ああ，映画のパンフばかり 20 冊くらい。そうですよね，うちじゃなくて，ヴィンテージさんとか，矢口さんに行くほうがいいのに。いえ，いえ，そんなことは言ってません。ざっと見て，珍しいものはなかったです。よくて 100 円，悪ければせいぜい，10 円くらいですかね。ジム・ジャームッシュの「ストレンジャー・ザン・パラダイス」が入ってましたけど，どうですか？　ああ，そんなもんですか。

　えっ，はい，はい，すいません。だいじょうぶです。それで，あなたの名前を聞かせてほしいって，言われたので，斎藤ですって言ったら，ちゃんと答えてないじゃないかって，いやな感じで文句を言うんです。名前って聞かれたら，苗字じゃなくて，下の名ですって。わたし，笑っちゃって，それ，必要ですかって言い返したら，正確に仕事をしろと言った意味がわからないのかって，すごむんです。ちょうど，他のお客さんがカウンターで待っているんで，そちらの方を先に接客したら，じゃ，1 時間以内に連絡を頼むぞって，出ていきました。めちゃ気持ち悪い客。はい，そう

してくれますか。わたしから電話するの，いやですからね。じゃ，お願いします。はい，わかりました，はい。（電話を切って）あーあ，めんどくさー。

〈寸感〉

　読みながら，神田神保町の古書店街を一緒に回っている気分になった。イニシャルで記された古書店名もほぼ推測がつく。Ｘと記された店もあそこかな，と思い浮かぶ。１日でこうした変化に富んだ出来事をキャッチするとは，ある種の集音マイクのように意識が働いていたのではないだろうか。そこに感情の起伏が同伴しているところが興味をそそる。

　Ｋ書店の一括買い上げのミステリアスな話は，名古屋の古書店で似た例があったと誰かから聞いた覚えがある。私は全くの下戸なので，酒場のママが情報源だったのではない。非合法のポルノショップが関与していたかどうかも知らない。Ｋ書店は特に専門性の高い店というわけでなく，ノンジャンルで棚を作っていたので，普通の古書店に偽装するには狙いをつけやすかったのだろう。

　Ｔ書店の無愛想店主，私も知っているが，これは仕方ない。古本屋の親父の古典的イメージを踏襲するもので，今や無形文化財くらいに考えたほうがいいだろう。とは言いつつ，気持ちは判らないでもない。私にも実に苦手な本屋の店主が三人いる（一人は新刊本の書店主）。向こうも同じ感情を持っているのだから，お互いさまだと思う。ならば，なぜそんな店にわざわざ足を運ぶのか。本の匂いに惹きよせられるからだと言う他はない。

　Ｘ書店の貼紙，「検挙数」という警察用語が，書店という豊潤な言葉にあふれた空間に君臨している。その堂々とした突出

した活字が気分を悪くするのだ。しかし，被害が出ている以上，これも仕方ないだろう。

　いくら店員の「視線を押し返してカウンターに近づくのが面倒」になったとはいえ，本を戻してしまうとはいささかの驚きだ。私のように気弱な人間は，あわててカウンターに持っていくと思う。笠間は「挙動不審の人物」に誤解されることを露悪的に楽しんでいたのかもしれない。まれにそのような人物はいるものだ。

　本橋成一の写真にも関心があるらしい。私は持っていないが，『サーカスの時間』という写真集も筑摩書房から出ていたはずだが，笠間は知っていただろうか。ついでに言えば，『サーカスがやってくる』は1982年に刊行された文庫のようだが，その後『サーカスがやってきた』の類似タイトルで複数の絵本も出ている。さらに，亀井俊介のアメリカ大衆文化論が『サーカスが来た！』（岩波同時代ライブラリー，1992／平凡社ライブラリー，2013），1996年に神奈川県立近代美術館と兵庫県立近代美術館で開催された展覧会のカタログも『サーカスがやって来た！』（私の大好きな美術展カタログの1冊）であり，テーマ別専用棚を作れば，次々とサーカスがやってきて賑やかなものになるであろう。

　てんぷらの「はちまき」は江戸川乱歩が贔屓<ruby>贔屓<rt>ひいき</rt></ruby>にしていた老舗だ。懐具合により，奮発するなら池波正太郎の通った「山の上」だろうか。若いころから私がよく通ったカウンター席だけの格安の天ぷら屋「いもや」は何年も前に閉店した。閉店で思い出した。やはり「万引きは犯罪です」の警告文を店内のいたるところに貼り，棚の前に未整理の本をうず高く積み上げた古書店も中野にあったが，ここも閉店して久しい。

N書店のみならず，古書店にはこうした変わり者の出没が珍しくないのだろう。本の売り買いではなく，ただ話がしたいだけで立ち寄る客も多い。杉並の某書店で聞いた逸話がある。各大学入試の現代国語（現代文）の過去 30 年間の問題を調べ上げ，まるで暗記した円周率を自慢するような調子で，出典となった著者・著作を延々と披露しにくる塾講師がいたという。あるいは仙台の古書店の例だが，自分の好きな詩集が痛ましい状態で棚にさしてあると，おずおずとカウンターに本を持って現れ，手提げからグラシン紙を出し，かわいそうなので表紙をかけていきたいと申し出る初老の女性がいたとか。気がつかずにすいません，ぜひお願いしますと店主は応じたそうだ。こうして記憶をたどると，いずれも笠間自身が書きそうな小話に思えてきた。

　N書店の女性店員の会話のなかに，「ああ，そんなもんですか。えっ，はい，はい，すいません。だいじょうぶです」とあるが，よその客が店にいるときに，具体的な値付けの話は避けろと店長に注意されたのだろう。実際，ジム・ジャームッシュの「ストレンジャー・ザン・パラダイス」の映画パンフレットが，「ああ，そんなもんですか」となれば，売る気はないにせよ，値段への野次馬的な好奇心が湧くものだ。

38　サングラス幻想
（19 冊目，27，28 ページ）

「神保町，声を拾う」に続くページを開けてみたところ，閉店からの連想なのか，新宿のサングラス専門店の話が記してあっ

た。

〈サングラス幻想〉
　新宿西口の思い出横丁の南側の路地から，東口に抜ける地下通路がある。池袋駅の北側にも似た構造の地下道があるが，まったく街の温みと情緒性に欠け，新宿とは比べ物にならない。その新宿の地下通路の出入口近くに，サングラスの専門店があった。通路からは小便の臭いが漂ってくるような人間的情感に満ちた場所だ。小さな店舗だがあらゆる種類のサングラスが飾られ，遠目から店をフレームで囲む感覚で眺めると，ポップアート風の絵が出来上がった。写真に撮ったこともあるのだが，統一感に頓着しない弾けるような彩りの面白みはなかった。客で賑わっている光景は見たことがないし，私自身も買ったことがない。妙なことに店主の姿らしきものも見かけたことがないのだ。
　しかし，いつもこの店の前を通る楽しみがあった。客を呼びこむために，戯れ句を書いた大きな短冊が下がっているのだ。本気で宣伝効果があると考えているとも思えず，むしろいささか投げやりにも感じられる作風で，そこに素朴な味わいがあった。すべてを記憶しているわけではないが，このような句の短冊が風に揺れていることもあった。

　　サングラス振り返るだけで罪なやつ

　サングラスは不良がかった悪っぽい男がかけるものだった。昭和に青春時代を送った旧世代の持つ，このファッションの小道具に向けた通念やイメージが反映している。サ

ングラスをかけ，少し危険な匂いのする男として女性の心を掴もうというわけだ。映画の1シーンのようでもある。湘南海岸あたりで，どこかのお坊ちゃんが不良を気取り，ばかでかいオープンカーに乗って，女の子の前を通り過ぎてから振り返り，芝居がかった仕草でサングラスを外して声をかけるとか。そんな男への羨望を読み込んでいたのかもしれない。

　サングラスに対する世代感覚が現れているという点では，次のような句もあった。

　　　一生に一度はかけたいサングラス

　真面目で気の弱い男が，満を持してサングラスをかけ，悪ぶった男として往来を闊歩する。そんな思い切ったことを一生に一度はやってみたいなー，というわけだ。単純な句だが，ある世代のサングラス幻想を簡潔に伝えている。

　かつてサングラスは夢の小道具だったのだ。それを夢として感じられる男たちを励ます店だった。そんな世代はとっくに地上から退場し，夢は遠く去り，あの華やかな小さな店もいつしか消えた。

〈寸感〉
　小規模の店が集まった地下通路近くの界隈のことは，私もよく覚えている。しかしサングラス専門店については，あったようななかったような朦朧とした記憶のなかに沈んでいる。
　私は地下道の出入り口から数件ほど離れたところにあるペットショップの方に注意が行き，檻の中で暴れたり眠ったりして

いる子犬たちに声をかけたりしていたので，サングラス店は見逃していたのかもしれない。それはともかく，私よりも一回り若く，還暦を数年過ぎた程度の人間に「生真面目な昭和の旧世代の意識」などと書かれると違和感があるし，わかった風のことを言うんじゃないよ，と腹も立ってくる。もっと上の世代ならば，サングラスは「色眼鏡」と和語になるだろう。

　改めて読み返してみればノスタルジックな気分が滲み出てくることも確かだ。忘却の淵に眠っていた私自身の体験的な記憶がありありとよみがえり，実感を備えた思い出に再会した気分になってしまうのは，どういうわけだろう。店先でサングラスをあれこれ試しては，まぶし気に鏡を覗く，気弱そうな自分の表情さえ浮かび上がってきそうになる。

　前にも似たことを述べたような気がするが，私はブラック・ノートの断章を追っているのだが，向こうでも私を追尾しているのではないかという思いに捉われることがある。ブラック・ノートは，〈読む・読まれる〉の関係を誘発し合う，相互感応の場なのだろうか。

39　不採用通知の模範書式（仮題）
（19 冊目，29，30 ページ）

　市ヶ谷の私学会館の喫茶室。編集者と原稿（私のではない）の相談があるのだが，かなり早く着いてしまった。そこで，「サングラス幻想」の次のページを読むと，絶妙のタイミングでこんな不吉な短文が現れた。タイトルは書いてないので，仮題をつけておく。

〈不採用通知の模範書式〉（仮題）

　ジェイムズ・ジョイスの短編集『ダブリナーズ』は，出版社から22回の不採用通知を受けたという。743通もの不採用通知書を持つミステリー作家もいるらしい。そうした背景から，アメリカの作家で編集者のドン・ゴールドという人が，『ニューヨーク・タイムズ・マガジン』誌に，どの編集者でも利用できる「不採用通知の模範書式」を提案した。「拝啓，貴原稿を読む機会を与えて下さり，感謝致します。次の理由により，貴原稿を返却致します」の挨拶文に続けて，10項目の理由が並べてあり，必要なところの□に✓を入れて返信すればよいだけの便利なテンプレートだ。

　最初の2項目は「醜い作品であり，出版不可能で，文明に対する侮辱であり，焼却されたし」と「遺憾ながら，凡庸な二流作品です」という簡潔なもので，はっきり言えば「遺憾ながら，凡庸な」タイプの通知であろう。

　面白いのは，編集者が弱気になっている返信である。「人生は退屈な経験です。私はとても疲労しているので，この原稿が当然受けてしかるべき注目を与えることはできません」とか，「自分自身の問題を抱えていますので，貴原稿に専念することはできません。今，私を悩まさないで下さい」とか。

　あるいは，逆に威張った文面もある。「私は重要な地位にある人間ですが，あなたはそうではありません。有名になってから電話して下さい」といった具合に。私の年下の友人で広告関係の仕事をしながらSFを書いてきた人物の場合，これとよく似た不採用理由を言われたことがある。「無名の貴殿のSFを出版するほど，弊社には物理的にも

182

時間的にも余裕はありません。貴殿が 10 万部売れる書き手であるならば，心して刊行を検討したいと思います。その折は，ぜひ弊社にもご連絡を賜りたいと存じます」と。

きっと悔しかったはずだ。しかし，残念ながら，世の中というものは，こうした侮辱に対する復讐劇が成り立った例は皆無に等しい。

〈寸感〉

　真面目なような，ふざけているような，この「不採用通知の模範書式」の出典は，貸出ノートにも記載があり，すぐに判った。ロバート・ヘンドリックソン著『英米文学エピソード事典』（横山徳爾訳，北星堂書店）である。しかし，どうせなら書き手を天才と思わせ，驚嘆させる返事もあればよかった。「原稿拝受。編集部一同，喜びで満たされています。あなたはまぎれもない天才と確信します。ただし，一つ大いに残念なことがあるのです。ちょうど 1 週間前に，何とあなたの作品と一字一句同じの大傑作が届いてしまいました。まことに惜しい！遅かったですね。しかしながら，あなたが天才であることは証明されました」などは，どうだろうか。汎用性に欠け，「模範書式」にはならないかもしれないが。

　走り書きとはいえ，最後に「世の中というものは，こうした侮辱に対する復讐劇が成り立った例は皆無に等しい」と断言するのは早計だろう。ここには，「復讐劇」として小説化できるモチーフが内包されているはずだから。私自身は関心のある素材ではないので，書くつもりはない。

　ところで，私学会館の喫茶室で会ったベテラン編集者に，「不採用通知」の文例の話を向けると，忙しいので応対してい

られず，何も返事をしないのがテンプレートだという，まさしく現実に即した身も蓋もない話だった。続けて，アメリカの編集者で作家のアンドレ・バーナードの書いた『まことに残念ですが……』（木原武一監修・中原裕子訳，徳間書店）という不穏なタイトルを持つ本の話題に移った。今では不朽の名作と認められている本に，当時の出版社が送った「不採用通知」を広く集めた本だ。例えば，アガサ・クリスティーの『スタイルズ荘殺人事件』には，「たいへん興味深く，いくつか良い点もございますが，いまひとつ弊社の傾向に沿っているとは申せません」と気の抜けた返事があり，ジェイムズ・ジョイスの『若き日の芸術家の肖像』に対しては，「結末に来て，話は完全に崩壊し，打ち上げに失敗したロケットさながら，文章も思考もこっぱみじんに砕け散る」と逆に気持ちが入りすぎて，文学史に残る輝かしい不採用通知文となってしまった例もある。と言いつつ，この時はまだロケット打ち上げなど人類は知らず，この比喩は「打ち上げに失敗」しているのではないか？

　ブラック・ノートに言及のあった，『ダブリナーズ』に関しても後日談が紹介されている。多くの拒絶反応を受けてようやく刊行されたものの，ある親切なダブリン市民が全冊買い占めて焼却してしまったのだ。その焚書の行為を「新手の個人的な異教徒火刑だ」とジョイスは述べたのだった。

　ついでに記せば，私がある編集者に託した若き批評家の原稿『怠惰の文学——無為の系譜をたどる』への返事は，いつ届くだろうか。もし見送りとなれば，私が不採用通知文を心つくして代筆しようと思う。

40　あの絵のなかに入りたい
（19 冊目，31，32 ページ）

市ヶ谷から帰宅の車中，次ページを開く。こうした順を追った読み方は珍しいのだが，持参したのは 19 冊目のみ。改めて気がついたのだが，特に内容的な連続性はなく，実質的にはこれまでと同じく，アト‐ランダムに読む場合と変わらない。現れたのは，バスのなかのこんな光景だ。

〈あの絵のなかに入りたい〉
　ある晩春の午後，バスは渋滞の車列に吸収され，車体半分だけ右折車線に入ったところで動かなくなった。心なしかバスが右に傾いているように感じられる。何かの工事予告があったような気もするが，渋滞の理由は判らない。車内はほぼ満席だが静かで，生ぬるい空気が漂う。
　車の渋滞となると，アルゼンチンのフリオ・コルタサルの小説「南部高速道路」を私は思い出す。ある 8 月の日曜，パリ郊外の高速道路で始まった渋滞が，1 日，さらに 1 日と何週間も何か月も続き，季節が夏から冬に移っても解消しない。高速道路上にサバイバル共同体もできるが……。
　このバスもまだ動かない。
　通路をはさんだ私の隣席に，若い母親と 5 歳くらいの女の子が座っていた。携帯電話を覗き込んだ母の耳たぶには，サクランボのようなイヤリングがある。
「ねえ，お母さん，あそこ見て，ほら」
　少女の指さす方を見ると，ビルの壁面全体に，遊園地の看板や幼稚園の遊具で見かける児童画のような絵が広がっ

ていた。真っ赤な太陽と黄色い星々が宙に浮かび，緑の帯
状の雲の上で身体をくねらせて，カバが飛んでいる。
「マホ，あの絵に入ってみたい。すぐ入りたい」
　と女の子は母親にせがむ。
「そんなこと，ムリよ」
　母はスマホ画面のメッセージに応えながら，そっけなく
言った。
「ドアがかいてあるでしょ，きっと，あそこから入れるん
だよ」
「ムリなものは，ムリなの」
　母の声は独りつぶやくような調子だった。
「だって……」
　と言いながら母親を見上げていた娘の視線が，まっすぐ
私の顔をとらえた。
「ムリ，ムリって，それっばっかし」
　女の子の声が心なしか大きくなった。そして幼い口から
狙い澄ましたような言葉が飛び出た。
「おかあさん，子どもの夢をこわしてはいけないんでし
ょ」
　私は不意をつかれ，一瞬にして，思考の流れが淀み，小
さな決壊が起こった。少女の「子どもの夢」は，使う好機
を待ってあらかじめプログラム化されていた言葉のように
思えた。
　母親に反応はなく，やや間があって，溜め息のようなさ
さやきが漏れた。
「こっちに相談されたってねー，答えようがないよ。相手
にはっきり言うしかないのに」

「ヒロシおじちゃんのこと？」
　と娘は母の顔を覗きこみながら訊ねた。
「そうだよ」
「そうか。でも，ヒロシおじちゃんは，子どもの夢がちゃんとわかる人じゃない？」
「マホ，うるさい。静かに窓の外でも見てなさいよ」
「でも，バス，ちっとも動いてないよ。ねえ，お母さん，やっぱりマホ，あのドアを開けて，絵の中に入りたい」
「逃げたって，どうせムリに決まってる。困るな，うちだって，たいへんなのに」
「あっ，見て，見て，ドアから，なにか出てきたよ」
　少女の視線に誘われ，私も壁画に目をやった。
　ふいに私の気分が渦巻く。
　波模様のドアが開き，背中の盛り上がった大きな口のある巨獣が現われた。すると私の気分の動揺が夢見をあおるかのように，バスは勢いよく右折して，猛スピードで欅並木を抜けた。
　街路も家々も午後の陽が降りそそぎ，車内の奥まで強い光が射しこむ。
　運転席のフロントガラスを突き抜けた彼方の空に，太湯と星と帯のように広がる雲がある。バスはいま，風を得て上空に向かう。雲を越え，宙に手足を跳ね上げ，尻を振りながら踊る巨大なカバが近づいてきた。

〈寸感〉
　帰路の電車もまた，午後の陽ざしを浴びて走っている。会ったわけではないのに，母娘の会話の声が耳元に残った。ほほえ

ましさとは結びつき難い印象だ。それぞれに何か課題を抱えている。しかしこの親子の本当の問題は，二人を越えたところにあるようにも思える。

微睡が来そうになった。後で読み返すかどうかは判断がつかないまま，私はこのページに付箋を貼り，ブラック・ノートを閉じた。車内のざわめきが遠ざかっていく。

41 不器用者は魔術師なのだ
（13冊目，30-32 ページ）

ブラック・ノートの各篇をどの順序で読むか，その選択に関しては折々の興味にまかせ，偶然とも必然とも思える出会いを楽しんで今に到っている。どのように選んでも，ひとたび読み始めれば，意想外の思念の動きや気分の揺れが誘い出される。

断章なので当然なのだが，しばしば情報の継続的な一貫性に欠けている。これはネガティヴなものと考えられがちだが，私は記述内容の矛盾，偏差，逸脱をむしろ楽しんできた。

とりわけ書き手の笠間保の生い立ちや生活ぶり，あるいは人物像の表現にばらつきがあって，何者なのか掴み難い。もちろん，ノートを読んだ範囲に限っての印象だし，また笠間当人への関心にも斑がある。おそらく現実の場面での交流の経験がほとんどないので，やむをえないかと思う。

こうした笠間保像の複数化と変幻ぶりは，私自身の気まぐれな読み方とうまく呼応したとも言える。笠間保がいつどこで何をしようとも，どのような奇想を追いかけようと，何に化身して語ろうとも，私自身の記憶の奥にある声を呼び覚ますような

気分で耳を傾けてきた。そして，何となく私自身にも覚えがあることが書いてあるな，という呟きがもれることもある。
「不器用者は魔術師なのだ」の文中に登場する人物の所業にしても，私自身のこれまでの諸々の行いと重ねてしまう。以下は全文。

〈不器用者は魔術師なのだ〉
　この人は毎日のように運命に翻弄されている。原因はきわめて簡単だ。ちぐはぐで不器用な挙動をまるでくしゃみのように突発的に繰り返す。
　秋の終わりに近いある休日，私は当の不器用者と池袋の喫茶店で会う約束があったのだが，1時間たっても現れない。いつも私より先に着くのに，めずらしいことだった。連絡しようにも，携帯電話を忘れてきてしまった。
　窓際の席から，夕陽が街の翳（かげ）を浸していく情景を眺めながら，私は雑踏のなかを店に近づいてくる彼の姿を待ちかまえていた。
「もうしわけない，こんな遅くなっちゃって」
　いきなり背後から声がかかって不意をつかれた。上気した焦りの表情のまま身体を前にかしげ，杖に頼っている。
「どうしたの？」
　私がきいたのは，杖を突いている痛ましい姿のいきさつだった。
「あそこのドアから入れてもらったんだよ」と彼は調理場の横にある従業員用の扉を指さした。「そのほうが，駅から少しは近いからね」
　どちらの入口であれ，遠近は大差ないと私は思ったが，

189

わざわざ指摘するほどのことでもない。ついでに言えば，グラスから水を膝にこぼしたときも，私はあえて気に留めなかった。この人はカウンセラーとして多くの人の悩みと苦境に寄り添ってきたし，緊急事態にはいつも冷静な判断力を発揮するのだが，楽にこなせるはずのごく日常的な作業や習慣にかぎって，しばしば不器用でちぐはぐな行動をする。

チェコの国民的作家カレル・チャペックがこんなことを述べていたのを思い出す。

——チャペックの友人のなかに，仲間たちも唖然とするほどの不器用者がいて，たとえば瓶の栓を抜こうとした瞬間，手の中に栓だけ残って，瓶のほうは思いがけない器用さで宙を飛んでいく。このような「特別の魔術」を評価せず，笑いものにすることは間違っていると作家は言う。なぜなら，この「特別の魔術」とは「物に生命を吹き込む能力」に他ならないからだ。器用な人たちは，生命のない物を生命のない物として扱う。それに対して，不器用者が手に負えない相手のように物と格闘するのは，生命のない物をまるで生き物であるかのように扱い，無生物に命を吹き込むことなのだ，と。

「ぼくが魔術師ということになるわけ？　そんなふうに言われたのは初めてだ」

と彼は笑い，鴉に追われて歩道橋の階段で転び，足を挫いたこと，そしてついさっきデパートのトイレの男女別の表示を間違えて，女性トイレに足を踏み入れ，慌てて脱出した経験を告白した。女性トイレにまで生命を吹き込む「魔術」は，擁護することが難しい。

私はどうなのか？　この男と同類と考えざるを得ない。デパートや新しい店舗ビルなどで，文字情報がなくズボンとスカートをデザイン化しただけの簡略なトイレの男女別表示をよく見かけるが，これをとっさに判別できないまま異空間へ突進する危険をおかしそうになるからだ。
　しかしたとえリスクがあろうと，私は無生物に命を与える「魔術師」でありたいと思う。面白みに欠けた，器用な連中の仲間にはなりたくない。

〈寸感〉
　カレル・チャペックの引用は，『カレル・チャペックのごあいさつ』（田才益夫訳，青土社）からのもの。貸出ノートを確認すると，笠間は2度にわたって借り出しているので，よほど気に入った本だったのだろう。器用な者と不器用な者の世間的な価値を逆転させるチャペックの創見に意を強くしたに違いない。「この特別の魔術を評価しようとしないで，物に生命を吹き込む能力をもつ人たちを笑い，不器用だとか，能なし，のろま，役立たず，まぬけ，不調法者，うすのろだとか称するのです」とチャペックは言う。笠間保がカウンセラーの「魔術師」ぶりに自分をなぞらえているように，私もまたおのれの魔術歴を通覧した結果，資格ありと判断する。この2週間の行状だけでも，夕暮れどきの電車内で，網棚に置いた買い物袋を下そうとした瞬間，絶妙な「魔術」を行使して，谷中の八百屋で買った愛知県産の有機栽培プチトマトを見事に活性化させ，ばらばらと床に転がしたのだった。

42 赤信号を渡る
（4冊目 28-29 ページ）

　ブラック・ノートの文章は，読後あっけないほどすぐに内容
を忘れてしまうことがあり，文章自体に秘密の忘却作用がある
のではないか，と冗談ではなく本気で疑うこともある。

　細部に耽溺し，気分の振幅に心地よく身をゆだねていたはず
なのに，どのような物語だったか記憶できない作品というもの
がある。アントニオ・タブッキの『インド夜想曲』（須賀敦子
訳，白水社）がふと思い浮かんだりするが，ブラック・ノート
の場合，そうした夢魔を彷徨する感覚とは異なる。もっと表層
的な情報の放逸からくる曖昧な感触を残すものだ。きわめて基
本的な事実関係をめぐる実相も仮想も，とりたてて頓着せずさ
らりと同列に描かれ，読む者の意識を遊動させる何か見えない
力が働いているのかもしれない。したがって，矛盾した情報が
あっても意に介さずに読み進め，ほとんど忘れているに等しく
なり，そのつど新鮮な思いだけが残る。

　とりわけ書き手の人物像が著しく複数化していることにその
思いを強くする。読み始めると，作者像への焦点が拡散して，
具体的な事実の文脈が見えなくなり，見えないことに愉楽さえ
感じる境域に入るのだ。ごく単純に言い換えれば，読みの対象
となる文章への黙契，すなわち〈自伝契約〉（フィリップ・ル
ジュンヌ）を結んだつもりになっていても，読み進むにつれて
その契約の手ごたえは希薄になり，ほとんど忘れたのも同然で，
複数に分化した作者像にこそ開放的な空気を感じるに到るのだ。

　こうした凡常な思いをやや賑々しく述べてきたことには理由
がある。「物語の屈折率」と呼ぶ創作方法に触れた文を読んだ

からだ。ここで笠間はＡという教師に仮託して創作論を展開している。仮託というより，成り代わっているように思う。したがって，笠間には小学校に勤める娘もいる気配となる。どこかの文章では，若いときに結婚生活を経験したが，今は独り身のはずではなかったか。人物像の奇想めいた意表をつく創造ぶりではなく，平然と惚けたような物事の変幻を描く文にこそ私は心惹かれる。

こう記したとたん，背筋にぞくっと冷たいものを感じたのは，なぜだろうか。あっさりした素知らぬ調子の語りこそ，油断ならない気がするが，ここで立ち止まって注視することもないだろう。

〈赤信号を渡る〉

いまそこで信号待ちをしていたら，面白い出来事があったの，と帰宅するなりＭは言った。彼女は小学校の教員になったばかりで，街を行く子どもたちの行動に注意深くなっている。

角に郵便局，反対側にはスーパーマーケットのある十字路。春の日曜の昼下がり，小学４年生くらいの女の子と40歳ほどの父親が，楽しそうにおしゃべりをしながら信号待ちをしていたという。

歩行者信号はなかなか青にならない。折よく，行き交う車が途切れた。すると父親が，赤信号を無視して一人で先に渡ってしまい，女の子は取り残された。まだ車は来ない状況を見て，父は「早く来い，早く」とせかす。

女の子は，赤信号なので葛藤状態に陥り，足をばたつかせるだけで渡る決心がつかずにいる。父は「いまなら大丈

夫だよ」と呼び寄せようとするが，事態は変わらない。やっと信号が青になり，娘は父のもとに走り寄って，大きな声で泣き出した。「ごめん，ごめん」と父は謝るものの，女の子としては納得できない。

　さて，親子のとった次の行動とは？　Ｍもその後の成り行きに興味を覚えた。

　大学で文章制作の講師を務めるＡ氏はこのエピソードを授業の素材に使ってみた。小説制作の重要なポイントを含んでいると感じたからだ。

　──みなさん，この出来事は，この先どのように進んだと想像しますか？

　Ｔ君の手があがった。「信号を守ることも大事だけど，もっと世の中，柔軟に状況判断しなくちゃいけない局面もある，と父がさとします」

　──そうか，言い訳じみてはいるけど，父は娘へのサバイバル教育の機会と考えたわけですね。

　Ｗさんの意見。「泣き止む代わりに，女の子は，スーパーでケーキを買ってほしいとお父さんに訴えます」

　──女の子は，父の軽率な行動を取引材料にするのですか。なかなかしたたかな娘さんで，面白いですね。

　Ｆさんが異議を唱える。「親子は，元の歩道に戻って，今度は信号を守った正しい横断をやり直すのではないでしょうか」

　──なるほど，それは横断の再履修という，とても教育的行動で納得できますね。

　でも，実はもっと予想外の出来事だったのです。女の子はスーパーマーケットの横に停めてあった父の青い自転車

194

に乗って，先に走り出してしまいました。慌てて父は娘の小さな赤色の自転車に乗って，後を追いかけたのです。しばらく進んでから，娘は自転車を止めて振り返り，はしゃぐように笑い，父を待ち，並走して遠ざかっていきました。どうでしょう？　この意表をつく展開こそが小説的といえませんか。

　Ｆさんが即座に答える。「なるほど，わかりました。女の子が父親の自転車にわざと乗る，この小さないたずらは，お父さんの振る舞いを許す行為です」

　――そう，和解の意味を内包しているようにも思えますね。

　Ｗさんの手が上がる。「親子の自転車の交換には，娘が交通規則を守る大人の行動をしたのに，父の方は無視した幼い行動をしたという逆転の意味の面白さがあります」

　――確かに，そうした皮肉な意味も出てきそうですね。そこで思うのですが，他の例と比べて，自転車の交換の出来事が，なぜ小説的と言えるのか。ストーリーを前に進めるだけには留まらない，場面に展開力と弾みを与える屈折があるからです。構成も人物造形も細部の描写も，この〈物語の屈折率〉の創意こそ，小説制作の重要なポイントの一つではないでしょうか。

〈寸感〉

　何が「小説的」なのか，範式のようなものがあるのかどうかはさておくとして，自転車という道具立てが心に残る話だ。父が娘の小さな赤い自転車にまたがり，父の青の自転車に乗った娘を追う姿がくりかえし脳裏に浮かぶ。

43 砂遊び
（4冊目，30-31 ページ）

「赤信号を渡る」の次ページに入っている文である。ここでも文章制作の教室の講師Aが登場し，内容的にゆるやかな連続性を感じさせる。

〈砂遊び〉

　少年がひとり砂場で穴掘りに熱中している。黄昏の近い時間になってから雨が上がり，陽ざしが広がった。Aは隣町の図書館へ向かう途中，薄紫の花の咲き初めたムクゲの生垣の間から，保育園の庭を眺めていた。

　年長組くらいの少年だろうか，プラスチックのシャベルをせわしく動かしては，砂をかきだす。ときどき積み上げた砂の頂上を丁寧に整えているところを見ると，山の形に思い入れがあるらしい。

　「たーちゃーん，もうお部屋にもどりなさいよ」とベランダから若い保育士が声をかけるが，少年の返事はない。保育士は砂場に迎えにきてしゃがみ，少年の熱中ぶりに微笑んでいた。この静かな見守り方がいいなとAは思いながら，保育園を離れたとき，よみがえってくる光景があった。

　かつてAは文章制作の授業で，「私の原風景」というテーマのもとに，記憶の奥にある最も古い情景を描き出す課題を出したことがあった。その折，群馬で子ども期を過ごしたF君が，記憶の古層にある「原風景」として，ユニークな保育園時代の話を書いてきた。

　──砂場で友だちと落とし穴を作ると，年少の男の子が

誘いこまれ，バランスを失い尻から落ちた。味を占めたＦ君は，その後もひとり穴を掘り続けた。すると砂の底から大きな運動靴が，左右そろって出てきたという。

　Ｆ君の記憶のなかでは，なぜか真新しい紺色の靴で，宝物を発見した気分だった。これは自分だけの秘密にしようと，嬉々として砂を埋め戻した。

　翌日，園庭での遊び時間になり，真っ先に砂場へ向かったのだが，掘り返しても靴は見つからない。

「あれは何だったのか。不思議な気分だけが，今でも続いている。宝物は幻であるからこそ，不滅といえるかもしれない」とＦ君は文を結んでいた。

　提出した文章はそこまでだが，下書きにはもっと先の話があったという。皆の要望で，続きも紹介してもらうことになった。

　砂場から出てきた靴には，まったく別の記憶も重なっている。靴が現れた瞬間，持ち主が地下深く埋められているような気がして怖くなり，あわてて砂を埋め戻した。

　翌日，恐々と砂を掘り起こしてみたが，靴は消えていた。この靴の記憶には，嬉しさと怖さの両場面が共存することになる。興味深い事実だが，二つの感情はＦ君にとっては必ずしも矛盾せず，同居しているという。

「でも，謎めいたことがあるんです」とＦ君はためらいがちに言った。「実は三歳上の姉も，同じ保育園の同じ場所で同じ経験をしているんです」

　教室にどよめきの空気が流れた。Ｆ君はとまどいながら，付け加えた。「……姉のほうの記憶は，どちらかと言えば，靴の持ち主が埋まっている怖いほうの話です」

もしかしたら，F君は姉から話を聞き，それが自身の記憶として独自の感情を伴い，心に住み着いたのかもしれない。あるいは事態は逆で，姉が弟の話を聞いて自分の記憶として取り込んで語り直し，それが弟に逆転移した可能性もある。

　幼い日の記憶は，さまざまな契機を介し，増補と改訂をへて編集される。こうした想像的プロセスを含む全体が私たちの生きた記憶というものなのだ。F君の文章も，曖昧さと謎めいたエピソードを新たに丸ごと呼び入れることで，魅力ある多義的な奥行を持つものとなった。

　図書館からの帰路，Aが保育園の庭を覗くと，砂場の穴堀りの少年に仲間がひとり増えていた。

〈寸感〉

　記憶の想像作用については，ここに書かれたとおりのことが，よく指摘される。もしこの文に先の「物語の屈折率」に当てはまる表現を考えてみるとすれば，どこだろうか。結びの「図書館からの帰路，Aが保育園の庭を覗くと，砂場の穴堀りの少年に仲間がひとり増えていた」という一文だと思う。この増えていた「ひとり」は，F君の記憶に潜んでいた少年ではないだろうか。黄昏時，子どもの姿をした幽鬼が砂場でうずくまっているのだ。

44　プロムナード・コンサート
（35 冊目，1-6 ページ）

「コンサート」とあるタイトルに自ずと注意が向いた。しかも
ロンドンでの音楽会のエピソードとなれば，私自身の追懐にも
重なる出来事があるはずだ。他に例があるかどうかまだ確かめ
ていないのだが，珍しく本文の前に「付記」が添えられ，「こ
の文は，姪の J がファイルしていた文を転写したもの。彼女の
大学時代の恩師 S 先生作，1970 年代のロンドンを舞台にした
小説風エッセイ。J は音楽雑誌の編集に従事」とある。「付記」
に続く全文を示す。

　〈プロムナード・コンサート〉
　　家財の差し押さえをくったその貧乏な医学生に残されて
　いる物は，唯一の家宝とも言うべき叔母の骸骨一体しかな
　い。叔母の名はミリアム。
　　彼女は医学の進歩に貢献すべく医者一家の出身者として
　の名誉を重んじ，自身の身体を提供した。関節をつなぎ合
　わせた人体標本になったミリアムは，首のところに掛け鉤
　がついており，壁に飾ることもできる。医学生に同情した
　ある律儀な外交官は，「家宝」を執行官に見つからないよ
　うに運び出す手助けをしてやる。
　　骸骨に緑色のビニールのレインコートを着せて抱きかか
　え，パリの往来を小走りで歩き，居酒屋に立ち寄り，バス
　に乗って身障者用の席に座らせたりしながら，人々の驚き
　と好奇の視線の中をさまよう……と，そんな話がロレン
　ス・ダレルの小説にあったのを思い出した。

『グラモフォン』誌の特集「ロンドンの音楽シーンの今昔」に載ったプロムナード・コンサート（プロムス）の最終日の写真に，紙吹雪を浴びながら，骸骨を抱きかかえて歓呼している中年の男が小さく写っている。隣に気弱そうな若者の痩せた顔も並んでいる。

　長い夏の音楽シーズンの最後を飾るこの演奏会はお祭り的な狂騒の場になるので，人体標本の骸骨を連れていくような悪戯心などとりたててとっぴな行動とは考えられず，やや人をたじろがせる程度のユーモアにすぎないだろう。二人から少し離れたところでは，サングラスをかけた，長髪の若い女性が七面鳥の縫いぐるみを左手で差し上げている。

　写真はマルコム・サージェントの後を継いで，コリン・デイヴィスがラスト・ナイトの指揮台に初めて上がった一九六七年のものだという。オーケストラの演壇から客席を見下ろしたアングルで，指揮者の頭の上の方にだらりと腕を下げた骸骨が神妙な面持ちで虚空を見つめている。骸骨に「神妙な面持ち」とは迂闊（うかつ）な言い方だが，とにかくそうした表情に感じられるのだ。

　とりとめない想像にちがいないが，ダレルの小説の登場人物が作中から抜け出し，コンサート会場へ紛れ込んでいる感じだ。監督は誰だったか，主人公が映画館にいる人妻に恋をしてスクリーンから逃亡してしまったコメディがあったはずだ。それに似て，虚実の時空が反転して骸骨をかかえた二人組が，追っ手を逃れて小説の舞台のパリから各地をさまよい，ドーヴァー海峡を渡り，演奏会の賑わいへの誘惑を抑えがたくロンドンのロイヤル・アルバート・ホー

ルに辿り着いた。ことによると，コンサートに行きたいというミリアムの願いを叶えてやるためだったかもしれない。

　この想像に現実的な無理があるとすれば何であろうか。他でもない，プロムナード・コンサートのラスト・ナイトの切符を二枚，いや三枚，急に思い立って手に入れるのは，ほとんど不可能だということである。文字どおりプラチナ・チケットなのだ。しかもオーケストラに近い席に陣取るためには，十日以上も前から館外で寝袋を持って列に並ばなければならない。

　仮にこの列の中にミリアムがいたとすれば，大いに歓迎されたかもしれない。順番待ちをすることも，さながらお祭りのような趣があるからだ。帽子やシャツにユニオン・ジャックを縫いつけた者，道化師の出で立ちで顔を白く塗りたくった者，あるいはフロック・コートや燕尾服で身を固めた者，それぞれが趣向を凝らした格好で集まっている。列の間を物売りも歩き回る。「プロム・オリンピック」と称して，ミルクセーキの飲みくらべ，寝袋の中での着替え競争，ホール一周障害物競争，列に並んだ者たちで演ずるオペレッタさえある。これほどまでして待つのも，ラスト・ナイトの最大のイベント，アーン作曲「ルール・ブリタニア」を歌って盛り上がりたい一心からなのだ。

　私自身はラスト・ナイトに足を運んだことはないし，今後も行く気はない。「ルール・ブリタニア」を歌い，イギリス人の国威発揚の手伝いをする純朴な，それゆえコミカルな異邦人となる役回りに興味がないこともないが，何ごとにせよあからさまな熱狂を苦手とする人間だからである。

　七月の後半から九月の中頃までの約二か月におよぶプロ

ムスで演奏される曲目は，ポピュラーな名曲からめずらしい現代曲まで多岐にわたるが，あらゆる音楽祭がそうであるように，弛緩しきった凡庸な演奏も数多いし，後世の語り草となる伝説的な名演などめったにあるものではない。それだけに，特別な期待を持っていなかったにもかかわらず，これぞ名演と呟きながら，感動を胸に秘めてコンサート・ホールを後にする演奏に出会ったときの心の弾みはこの上ない。まさしく不意打ちのような幸運と言うべきものなのだ。

　私にとって，ルドルフ・ケンペがシューベルトの交響曲第五番を振った一九七四年の演奏とモーツァルトのクラリネット協奏曲をジャック・ブライマーが吹いた一九七九年の演奏がそれにあたる。ケンペのこのときのシューベルトは，ピエール・ブーレーズに代わってBBC交響楽団の首席指揮者に就任するきっかけになった演奏であることを何年も後に知った。ブライマーの場合，演奏自体の感動とは別に，というか名演であるがゆえに招き寄せたにちがいない，少しほろ苦いエピソードを持っている。

　実を言えば，これはプロムスの演奏会ではない。ロンドンの夏は，連日さまざまなホールで演奏会が開かれている。当日，私はなぜかプロムスの切符と思い込んでいて，ロイヤル・アルバート・ホールへ出かけた。しかしブライマーの演奏会が開かれるのは，ロイヤル・フェスティバル・ホールであることに入口まできて気づいた。あわててタクシーで移動し，何とか開演に間に合ったが，このときばかりはロンドンという都市のほどよい広さに感謝した。

　引退を噂されるブライマーがモーツァルトの最後のコン

チェルトをどのように演奏するのか，名手の晩年様式というべきものに関心があって手に入れた切符だった。晩年の巨匠スタイルによくある，テンポをゆっくりとった端然とした構えの演奏とは異なり，明快にリズムをきざみ，しなやかによく歌う闊達なモーツァルトだった。さすがに流麗なテクニックとは言い難いが，若々しさとは違う潑溂とした晴朗感が情に淀むことなく広がる。それでいて，中低音域から下の響きの豊かさが繊細な陰影を作り，一瞬，惜別の情感が明滅する。あたかも束の間，西の空を染めた残照の変幻を見る思いがして，私は第二楽章の半ばあたりで思わず不覚の涙をこぼした。

　第三楽章に入ってしばらくした頃，うっすら香水の匂いのする隣の老婦人の右手が動き，私の左手の甲に置かれた。そして「あなたの感動，とてもよく解りますよ」とでも言うように，そっと撫でてから引っ込んだ。奇妙な慰めの感触だった。

　インターミッションになり，ロビーではグループで談笑する者，プログラムを読む者，ワイングラスを手に宙を見つめる者，それぞれに演奏の余韻の時間を過ごしている。私は窓のそばに立ち，暮れていくロンドンの街を眺めていた。テムズ川の水面が夕陽に照り映えている。耳の奥ではモーツァルトの最晩年の曲が鳴り響き，黄昏のきらめきに溶け込んでいく。

「あなたも，ジャックの演奏を聞きに来たんですね」

　という声に振り向くと，隣席の老婦人が笑みを浮かべながら立っていた。薄いベージュのサマースーツに，黄色のブラウスが品のいい柔和な雰囲気を作っている。しかし私

は返事をするより，その不自然に紅い唇のあいだからもれた，嗄れた男の声に動揺した。よく見れば，頭髪は明らにかつらだった。

席に戻ると，前半ではそれほど気にならなかった香水の匂いが鼻をついた。プログラムはベートーヴェンの交響曲第七番，指揮はエドワルド・マータというメキシコ生まれの指揮者であったが，どのような演奏であったか，まったく記憶にない。第2楽章が終わったところで，おずおずと老人の手がふたたび伸びてきて，私の左手を握った。皮が骨に張りついている痩せた白い手であったが，しっとりと湿っていた。老いた手が怯えた小動物のように震えていなければ，私はすぐに払い除けたかもしれない。

ホールを出ると老人が身を寄せてきて，こう囁いた。
「ベートーヴェンの七番だったら，昔のプロムスのすごくビューティフルでファニーでエキサイティングな演奏を聞いたことがある。家に放送テープがあるから，今から聞きにこないか？」
「予定がありますから」
　私はそっけなく言った。
「あのストコフスキーがBBCを振ったものだよ。興味があるだろう？」
「ストコフスキーの七番ですか？」
「そのとおり」と老人は嬉しそうに続けた。「フラットまで，地下鉄で十分も乗れば着く。ぜひ一緒に楽しい夜の仕上げをしようじゃないか」
「私にはあなたのような趣味はない」
　とっさに出た言葉がそれだった。音をこってり厚化粧さ

204

せたストコフスキー版ベートーヴェンが想像できたから
だ。老人は「趣味？」と言ったきり，みるみる哀しげな表
情になった。意味がすれちがって伝わり，私は自分の発し
た「趣味」という言葉のおぞましさに気づいた。人間の生
き方の選択は断じて「趣味」以上のものだ。小柄な老人の
背中が，ひとつの孤独な影となって立ち去った。

　三か月ほど前，BBC放送音源のストコフスキーのベー
トーヴェンがCD化されたことを知った。一九六三年のプ
ロムスのライブである。そのニュースを教え子が編集部に
いる音楽雑誌で知った夜のことだ。誰もいない大きなコン
サート・ホールの仄暗い客席に坐り，開演を待っている老
人の夢を見た。

　顔を覗き込むと，何とそれは……。あの「神妙な面持
ち」はここでも変わらなかった。

〈寸感〉
「虚実の時空の反転」と言うならば，いま私が経験した眩惑こ
そがそれに当たる。一九七九年の夏，モーツァルトのクラリネ
ット協奏曲をジャック・ブライマーが吹き，エドワルド・マー
タが指揮したロイヤル・フェスティバル・ホールの演奏会に私
も出かけたからだ。

　インターミッションに紅茶を飲みながら，夕陽に照り映える
テムズ川の流れを見つめていたし，コンサート通の老婦人にも
話しかけられた。何やら私の書きそうな文でもある。

　一呼吸置き，記憶を整理しようとしたが，そもそも記憶とい
うものをどのように整理したらいいのか判らない。それでも虚
空の静寂に耳を澄ますように気持ちを鎮めると，さざめきが

木々の枝を渡り，風が身をかすめ吹きすぎていくように感じた。

　じんわり滲み出るように記憶の片影が形を持ち始め，これは私の書いた文であるように思えてきた。そうだとすれば，笠間の姪の恩師Ｓが書いたとする「付記」は虚言なのだろうか。そう断言することにも，ためらいがある。

　しばらく黙考し，「プロムナード・コンサート」を再読してみた。ヒントはこの文自体の中に書かれているような気がしたからだ。

　──ダレルの小説の中から抜け出し，パリの街からロンドンのコンサート会場まで放浪したミリアムの運命。

　どこかに書いたはずの私の文章もまた，時空のよじれの隙間を抜けて転々と渡り歩き，こんな場所に辿り着いたのではないだろうか。束の間の漂着をへて，この先またどこかへ流離をつづけるかもしれない。

　心が走り，ふいに閃光が身を穿つ。

　ブラック・ノートは，彼方から此方から抜け出してきた文章の繫留の地なのではないだろうか。そしてまた，どこかで廃棄されてしまった文章の亡所でもある，と。ブラック・ノートに集っている文章群は互いに見知らぬもの同士であり，やがてまたそれぞれ何処かへ立ち去っていく運命にある。

　私は笠間保なる人物を誤解してきたのかもしれない。彼はブラック・ノートを携え歩く，文書の収集狂，書記，番人なのだ。あるいは書き手の存在を無化し攪拌してしまう道化か。それともすでに彼自身が亡者なのではないかという思いもよぎる。

　さまよえる文章群。この先，私はブラック・ノートをどのように読むべきなのだろう。と言っても，特別な義務も使命も負っているとは思えない。ここでいったん休止し，あらためて読

み進めることにする。

45　廃物オン・パレード
（35 冊目，4-35 ページ）

　ごく最近のようにも，遠い過去の気分の揺れのようにも感じ
られるのだが，私はブラック・ノートからいったん離れ，改
めて読む機会を待つと述べた。同時に，「どのように読むべき
か」といった問題は留保するとも書いたのだった。いよいよ時
が満ちて再読への充溢した気構えに到るわけでもなく，いまだ
に漫然と日々を過ごしている。

　もちろん，ブラック・ノートへの関心で日々の時間を埋め合
わせているわけではないが，いささかの気分のゆるみがあって
こそ，ゆるやかに意識の前面に膨れ上がってきた思いはある。
先に述べた，ブラック・ノートは「どこかに廃棄されてしまっ
た文章の亡所」なのかもしれないという問題である。最終番号
に近いノートを何冊か見るともなく眺めていると，まさしくゴ
ミや廃棄のテーマに関わりのある文に視線が吸い寄せられた。

　長文にわたるので，適宜中略して写す。「廃物オン・パレー
ド」の他に，見出しタイトルが入っており，やや煩雑に思える
が，そのまま残すことにする。

　　〈ガムを捨てる〉

　　さっきの恐ろしいガムの話って何なの？

　　Ｙ子は炊飯器のタイマーをセットし終わると，台所から
　居間の方に顔だけ覗かせながら訊いた。深夜，翌日の仕事

の準備が済んでようやく眠気に逆らう必要がない時間となり，Ａ介は歯ブラシをくわえたままテレビの画面をぼんやり見つめた。

　彼は夕食のときガムの話をしかけたのだが，ちょうど友人の樋口から，17年一緒に過ごしたチワワが死んだという電話を受けて，その経緯を妻に伝えているうちに言いそびれてしまった。

　テレビは天気予報を告げている。Ａ介は日本列島を移動する雲の動きを見ながら記憶をたどった。天気予報のバックに聞き覚えのあるピアノ曲が流れていて，夜想曲風の甘やかな旋律が柔らかなリズムで浮かび上がりかけては，また低声部に吸い込まれる。

「捨てようとして，どうしても捨てられない薄気味悪いチューインガムのことを話そうと思ったんだ。捨てるに捨てられない変なガムの話さ」

「なんだ，小説のことなのね，ニュースとかじゃなくて」

　とＹ子は急に興味をなくした。

　Ａ介は洗面所に行って口をすすいだ。身体は眠りを求めているのに，頭の芯だけが不愉快に冴えてくる。

「本当に経験したことなんだよ」

　彼は居間に戻って，ふたたびソファーに身を沈めながらそう呟いた。

「何のこと？」

「だから，今の恐ろしいガムのことだよ。子どものとき，ガムにかまれたことがあるんだ。親父の死ぬ少し前だから，5歳くらいのときかな……」

　とＡ介は強引に話を続けた。

208

ある初夏の昼下がり，Ａ介はガムを口に入れてしばらくすると，苦痛に顔をしかめて泣きだした。隣の書斎で仕事をしていた父は何事かと駆けつけた。
「ガムをかむのをやめなさい。何を言ってるんだかわからないじゃないか」
　父は落ち着いた声でＡ介をたしなめた。
「ちがうよ……」と彼は呻きながら言う。「ぼく，ガムなんか，かんでないよ」
「何をわけのわからないこと言ってるんだ」
　父親はそう繰り返し，少し怪訝そうにＡ介の不自然な口の動きを見つめた。
「ガムがね，ぼくのこと，かみだしたんだ」
　Ａ介はガムを食べはじめると，初めて経験するような違和感のある歯ごたえが気になってすぐに捨てようとした。ところが，吐き出そうとするとガムは生き物のように口の中に吸い付いて，勢いよく上下運動を繰り返すのだ。それにつれてＡ介の顎は激しく痙攣する。
　父親は半信半疑で息子の口の中に指を突っ込んでその奇怪な白い塊を引っ張りだし，机の上にそっと置いた。するとガムはまだ口内にあるかのような上下に波打つ動きを見せた。そしてしばらくするとガムは机の上からＡ介の膝の上に落ち，ふたたび元の口の中をめざして，シャツの胸元を這い登りはじめた。
　父親は恐怖にかられてガムを窓から投げ捨てた。ところが夜になると，ガムはドアの下の隙間から，柔軟な体を巧みに扁平に変えて部屋へ入り，またＡ介の口の中に戻った。
　叩き潰してみても，ガムは自分で身を柔らかくほぐして，

すぐに回復してしまう。父親はガムをハンカチで包んで，近くの善福寺川に流しに行った。ところがガムは川岸に泳ぎ着き，いつの間にか子供部屋に戻って来た。

今度はガムを車で遠く奥多摩の森まで捨てに行き，急いで逃げ帰った。しかし，ガムは青梅街道まで這って行き，都心に向かう長距離トラックのタイヤに張りついて，たちまち帰って来てしまった。口からガムを引きはがしてみると，タイヤの溝の跡がわずかに付いていた。

父親はガムをガスストーブに放りこんだ。ガムは熱さに驚愕しながら暴れ回っていたが，やがて青い炎となって燃え，黒い灰になった。彼らはこの奇怪なガムに悩まされ続けたのであったが，燃やすという意外に簡単な方法ですべて解決したかに思えた。しかしガムは黒い灰の状態から少しずつ収縮を繰り返しているうちに，だんだん生気を帯びて色も白さを回復していき，最初の弾力を取り戻してよみがえった。

あらゆる方法が尽きたとき，Ａ介の方が実に単純なことを考えついた。ガムをビーカーに入れて蓋をし，強力な接着剤で密封したのだった。

ガムは逃げ道を探してビーカーの中を這い回り続けた。何日間かは自分の陥った苦境を脱しようと，さまざまな脱出の方法を試みていたが，7日目になってようやくぐったりと動かなくなった。

父は庭に穴を掘って，ビーカーを地中深く埋めた。そして全員で賛美歌を歌ってガムを丁重に弔った……。

「恐ろしいガムの話だと思うだろう？　とにかく子どものとき，ガムにかまれた経験があるんだ」

とＡ介は話し終わるとおおげさな深い溜息をもらした。Ｙ子も似たような溜息をつきながら，彼の顔をのぞきこんだ。
「5歳のときの経験なんて，そんなに細かく覚えているはずないでしょう？　お弔いのときに賛美歌をうたったの？何か変じゃない。あなたの家族らしくないもの」
「やっぱり変だと思うか？」
「そりゃ変」
「本当に覚えているとおりの話だよ」
「たぶん後から読んだ小説か何かの話といっしょくたになって，記憶が混ぜこぜになっちゃったんじゃないの」
「母親に訊いても記憶にないって言うし，実際に変だとは思っているんだ。とにかく，こういうふうに覚えているんだから仕方ないよ。だから，少なくともこれとそっくりな出来事があったことは確かさ」
「かわいそうな話ね」
　Ｙ子は軽くもう一度溜息をついて，最後にひとこと同情的な感想をもらした。
「かわいそうって，何がだい？」
「もちろんガム。必死に生き延びようとして頑張ったのに，最後は殺されてしまったんだから」
　不意をうたれて，Ａ介は言葉を失いそうになった。
「本気でそんなふうに考えたのかい？」
　Ｙ子は何も答えず2階に上がっていき，掃除機のうなる音と何かを片付ける物音がしばらく続いた後，ふたたび居間に顔を出した。
　テレビでは，どんなニュースにも薄気味悪いほど微笑を絶やさない初老のニュースキャスターが語りかけていた。

「テレビ見ているだけなら，玄関に置いてあるゴミ袋，捨ててきてくれない？」

　階段の上からY子の大きな声がして，A介は「いいよ」と自分でもよく理由の判然としない明るい声で返事をした。

　ゴミを堂々と捨てている人はめったにいない。生ゴミと燃えないゴミの区分けを守っていても，こそこそと捨てに行く。だからゴミ置場で人に出っくわしたときほど，ばつの悪いことはない。お互いに視線を避けて速足で立ち去るのだ。

　ゴミ捨てから戻ったA介はまたテレビをぼんやりと見つめていた。

「何の番組を待ってるの？」

　2階でパジャマ姿に着替えたY子が様子を見に来た。

「天気予報を見ようと思ってるんだよ」

　とA介は言いながら，特に意味もなくふたたびチャンネルを変えた。

「天気予報なら，さっき見ていたじゃない。なんで？」

　間違いなくその通りなのだが，改まって「なんで」と訊ねられてA介は困った。天気予報を見たことは覚えていても，その内容は記憶にない。しかも明日の天気がどうなるのか，特別な関心があるわけでもない。かといって漠然と知りたいと思っていることも確かなのだ。つまり天気とはほとんどの場合そうしたものに違いない。

〈温風タイマー付きの便器とガス炊飯器〉
　市の清掃事業所が粗大ゴミの回収料金の大幅な値上げを実施した翌朝，最初に投棄された物だった。

212

「炊飯器はともかく，便器なんて，新しいのと取り替えたら，たいてい業者が古い方を引き取っていくのに」

　とＹ子が言った。Ａ介は新聞の疾病・傷害入院保険の大きな広告に目を通していた。

「じゃ，業者が捨てていったんだろう」

「それはないと思う。あんなもの一つ捨てたところで，たいして得にならないもの。わたし，もう出かける時間だから，後はよろしく」

「便器に何かタイトルが付いてなかったかい？　たとえば『泉』とかさ」

　Ａ介はマルセル・デュシャンの作品を思い出して，冗談を言ったつもりだった。まだこの頃は余裕があったのだ。

「製品名まで確かめてこなかった。気になるなら，見てくれば」

　Ｙ子は玄関で慌ただしく靴箱を開けながら叫んだ。Ａ介はゴミ置場へ行き，実際には何の役に立つか判らなかったが，とりあえず製品名を書き記した。

　ウォームレットＨ型〈スプリング・ストリーム〉。

　不燃ゴミの回収日になれば，清掃事業所の方で適当に処分するだろう，とＡ介は高をくくっていた。

　ところが３日目の朝，Ｙ子は堅い表情でゴミ置場から戻ってきた。便器に“当番さん，早く処分してください。利用者一同より”という貼紙がしてあるというのだ。

「うちは近所からかなり嫌われているみたいだな。そうじゃなかったら，利用者一同なんていう書き方はしないよ」

　とＡ介は放り投げるような口調で言った。

　便器と炊飯器はその日のうちに処分した。費用は3600

円で市の清掃事業所は立派な印章の入った異様に大げさな領収書を置いていった。

便器がなくなると，あたかも何者かが事態の成り行きをうかがっていたかのように，キッチンワゴンや業務用食用油の空缶など，一夜で四つの粗大ゴミが投棄された。

Ａ介は市の環境衛生課に行き，ゴミ行政の矛盾を納税者である市民に一方的に押しつけるのは納得できないと抗議した。

今のところ他の地域では問題はなく，お宅のゴミ集積所だけの特殊なケースだ，しかし今後大いに予想される事態なので十分に検討することにしましょう，とＡ介と同じ年かっこうの能弁な職員が出てきて，慇懃に答えた。そして最後にこう付け加えた。

「はっきり言えば，これは地区の自治的な管理能力の問題です。まず利用者全員で話し合いの機会を持ち，一軒一軒の意見を十分に踏まえた上で解決の道を見つけることが大事じゃないでしょうか。その方がより民主的な方法だと思います」

Ａ介はこうした立場の男の口からもれた「民主的」という言葉に，嫌味なものを感じて市役所を出た。粗大ゴミは，「近所」を無視してしばらく放置しておくことにした。しかしＹ子は「民主的方法」の手始めとして，地区の新住民のうちで比較的親しい人たちに，話し合いのための予備的な相談をもちかけた。すると奇妙なことが起こった。同じ日の昼すぎにゴミ収集車とは違う小型トラックがやってきて，きれいに粗大ゴミを片付けていった。

夜になってから，地区選出の市会議員が予告もなく玄関

214

先に現れた。血色のよい大柄な初老の男で，呆れるほど朗らかな声でこう言った。

「今回の粗大ゴミは私の方で適当に処分させました。何か地区のことで困ったことがあったら，いつでも相談してください。できるだけのことはしますから」

A介は不愉快になった。しかし，Y子は，何とかしてくれるというのであるから，誰にでも遠慮なくどんどん頼んだ方がいいと割り切った。

「もう粗大ゴミを捨てる人はいないんじゃないの。市会議員まで来たということは，そういう意味でしょ」

しかしY子の勘は外れた。

（中略）

この後，「廃物オン・パレード」というタイトルのとおり，廃棄物とその処理の顛末が次々と列挙される。初期ワープロのNEC〈文豪〉2台と同じくシャープ〈書院〉1台，黒焦げ状態の大きな中華鍋，ビニール傘3本，蛍光灯スタンド，レーザーディスク用プレイヤー，プラスチックの6段書類ケース，子ども用のビニール製プール，またも業務用の食用油の空缶2個，CD収納棚，吹きこぼしの痕の広がる卓上コンロ（中に使いかけのガスボンベが入っていた），キャンプ用保冷ボックス……。

子ども用学習机の場合もあり，次のような遣り取りが書かれている。

「わかったわ，犯人が」とY子はゴミ置場から戻ってくるなり叫んだ。「学習机についている蛍光燈のところに，タケイ・ミユキっていう名前が書いてあった」

「タケイ」は近所にはない姓であった。Y子は市役所に行き，就学児童の名前を過去5年間まで遡って調べようとしたが，窓口であっけなく断られた。

　二人とも否定したい気持ちが強かったのだが，一連の粗大ゴミの投棄は近所の誰かの怨恨によると考えられないこともなかった。原因はあるとも言えるし，ないとも言えた。他人の抱く恨みの細々とした原因などわかるはずはないからだ。

　面倒な廃物に加え，地域の厄介者が介入してくる。次のようにエピソードが記されているが，どこなくユーモラスな一軒隣の老人Nの面持ちや風采が描かれていれば，人物像により気息が通ったものになったかもしれない。

　　単身者用の冷蔵庫，エプソンのプリンター，病院かどこかで使うものなのか，キャスター付きの大きなバケツ。

　　清掃事業所の粗大ゴミ受付係の男は，度重なるA介の依頼の電話に同情し，プリンターを冷蔵庫の中に入れて一つのゴミとして扱うという手配をしてくれた。

　　翌日の夜，N老人が明らかに何か苦情がありそうな硬い表情で現われた。

「きのう，ゴミ置場に便利そうなバケツが捨ててあったと思うが，もう処分しちゃったかね？」

　　A介はそのとおりだと答えた。

「ただ捨てちまえばいいってもんじゃない。まだ使えそうなものと，そうでないものを区別ぐらいしたらどうかね，あんたは当番なんだから」

「なんで今年の当番だけそんなことまでしなくちゃならないんですか？」

「車が付いているバケツなんて，めったにあるもんじゃない。誰が考えたんだか便利なもんだ」

　と老人はあくまでもバケツに執着しているだけの様子なので，Ａ介は少し安心しかかった。ところがそれ自体は正論と言えるものの，本気で実行するとなれば面倒な労力を強いられる提案をしてきた。

「あんたの判断でいいから，これから先は使えるものと使えないものを分けておいてくれないかい。それで，地区の皆でときどきリサイタルの集会を開けば資源の節約にもなるし，親睦にもなるじゃないか。物をいつまでも大事に使うリサイタルの生活こそ，これからの時代は考えないと」

　老人がリサイクルをリサイタルと言い間違えていることに気づいたが，同情の気持ちが少し動いて，Ａ介は訂正しなかった。

「わかりました。とにかく，リサイタルは大事です，今後の課題ということにしましょう」

　Ａ介は取り成すつもりでそう言った。しかし，老人は何かの錯誤に思い当たったらしく，とぼけるような表情を作って無言のまま足早に帰っていった。

〈蒲団と枕〉

　蒲団はゴミ・ステーションの鉄柵の中に，きちんとたたんであった。

　全体に色褪せていたが，上下一組みの蒲団と枕に揃いのピンクの薔薇模様があって，少し視線をそらしたくなるよ

うな生々しさがあった。

「これまでと違った生活感覚のものだから，犯人は複数いるということだな」

　とA介は言いながら，次に捨てられる粗大ゴミはどんな物だろうか，とさんざん悩まされてきたにもかかわらず，次の投棄物への好奇心が動きだしている。

　しかしすぐにそうした気まぐれを嘲笑するように，ことのほか面倒なゴミが捨てられる事態が起こった。

〈スチール製の物置〉

　あまりに法外な投棄物なので，これを「ゴミ」と納得するのに数日かかった。

「どうしよう。うちの庭に置くかい？」

「まさか」とY子は溜息まじりに言った。「こんな狭い庭に，二つも物置なんかいらない。それにあの物置，魚が腐ったような，すごく生ぐさい臭いがするんだけど，気がついた？」

　A介に閃きの光が走った。

「あの物置，市役所通りの魚丸でもらってくれないかね。魚用の生ゴミ置場に使うには，ちょうどいいだろう」

「どうかな。明日，魚丸さんに聞いてはみるけど」

　話はうまく進み，物置はすぐに小型トラックで運ばれていった。その日の夕方，Y子が魚丸に寄ると，お礼に甘鯛の西京漬けを5切れよこした。

（中略）

この後，個人の家から出てきた段ボール箱に詰まったノート

218

類に加え，家庭ではありえない大量の紙類のゴミの出現が短く書かれている。近くに製本屋はない。3キロほど離れた場所に，書籍・雑誌類を溶解処分する工場はあるらしいが，商品となる古紙を大量投棄するはずはなく，真相は不明。粗大ゴミや不燃物と異なり，うずたかく積まれた資源廃棄物の山の盛観をＡ介は楽しんでいる様子がある。

　ここに続く話は，思いもかけない廃棄物との遭遇によって，大きく転調する。

　〈オルゴール，チーちゃん，サーちゃん〉
　　犯人を現行犯で捕まえるしかない。
　　そうした思いが募りはじめて何日か経ったある晩，仕事仲間と酒を付き合って，Ａ介は帰りが深夜になった。
　　大通りでタクシーを降り，ところどころ小さな畑の残る暗い住宅街の道に入ってしばらくすると，前方の暗闇の奥でライトを消した不審な乗用車が児童公園の前を徐行していき，ゴミ置場を過ぎたあたりで停車した。すぐに勢いづいていいはずであったが，いざとなると気弱なわけのわからない不安の気持ちが先にきた。しかし幸いにもまだ酔いの勢いが少し残っていた。
　　Ａ介は公園を斜めに横切り，身を屈めながら車の背後に回った。そして道路に沿った，木立の陰に隠れ，車の動きを探った。川崎ナンバーで，ボルボのワゴン車である。乗っているのは男女のようだった。
　　車内を覗こうと近づくとき，木の枝が音をたてて揺れた。男の罵声が飛んだ。車は憤然とエンジン音を上げながら，闇の中を走り去った。

不快な気分を引きずって，暗い道を虚ろな足取りで戻り
かけたが，いつもの習慣からゴミ・ステーションに目がい
った。ポリエチレンの袋がいくつか重なり合い，その一つ
がネットからはみ出すように転がっていた。

　A介は袋を奥に置き直した。そのとたん袋の中から音楽
が鳴りだした。オルゴールが入っているらしい。間延びし
た壊れかかった音だが，明快な聞き覚えのあるメロディー
で，エルガーの「愛のあいさつ」であることを思い出した。
だが音は間延びがひどくなっていき，やがて息絶えるよう
に消えた。

　A介はステーションの扉を開け，ゴミ袋をすべて積み直
した。そして最後の袋を持ち上げたとき，意外な重さの手
応えと奇妙な動きの気配があるのを感じた。

　袋から鳥かごが現れ，底の方で2羽の小鳥が逆さまになっ
った餌箱に挟まれていた。懐かしい命の温みに触れたよう
な思いがして，A介は鳥かごを抱きかかえた。

　家に帰ってようやく小鳥たちがゴミとして捨てられたも
のだという衝撃がやってきた。羽根に艶の欠けたカナリア
たちで，突然の明るみに晒され，かごの隅で怯えたように
かたまっていた。そして鳥かごの屋根の部分に，〈チーち
ゃん，サーちゃん，バイバイ〉と明らかに子どもの字で書
かれた紙が，ビニール・テープで貼ってあった。

　Y子は部屋の温度を上げ，手早く水を与えた。それから
冷蔵庫にあったキャベツと小松菜を千切って餌箱に置いて
みたが，カナリアは動かなかった。

「がんばってね」

　とY子は小声で呼びかけるように言った。

たぶん事態は単純なことに過ぎないのだろう，とA介は思った。どんな物でも持ち主が不要と感じたとたんに「ゴミ」になる。カナリアだって例外ではない。どんなご馳走にしろ，もういらないと思った瞬間に生ゴミになる。食べる物と捨てる物との違いは，ただそれだけしかないのかもしれない。そしてゴミの「処理」とは，ともかくも自分たちの家の外へ出すことなのだ。しかも家からなるべく遠くへ運ばれれば運ばれるだけ処理されたことになる。捨てるとはどこかに物が移動するだけのことなのだ。

　カナリアは1週間過ぎても鳴声をあげなかった。ペットの動物は飼い主の心の動きに敏感で，自分たちが捨てられると思った瞬間深く傷ついて，その打撃からまだ立ち直れないでいるのかもしれない。そうした点で言えば，彼らの家もまたカナリアたちにとって安住の場所ではなかった。

「このカナリア，どうするんだい。このままずっとうちに置いておくつもり？」

「せめて鳴くようになるまでは飼ってあげないと。そうすれば，もらってくれるお宅もあるかもしれないし」

「迷惑に思っている気持ち，カナリアにはわかるんだよ。またいつ捨てられるかって，ずっと怯えているんだ」

　彼らが地区の当番から解放され，桜の季節も過ぎ，地方選挙で例の市会議員が最下位ながら当選し，若葉の輝く頃になっても，カナリアたちの声は失われたままだった。

〈寸感〉

　このゴミ投棄の文を読んだせいか，あれこれ思い及ぶことになった。私の関心は移りつつある。ブラック・ノートは彼方此

方から流れ寄せてきた〈文章の繋留の地〉であり，ゴミのように投棄された文章群の〈亡所〉ではないか，と。笠間保は書き手というよりも，掌編や断章を収集するいわば編者なのだ。ブラック・ノートはそれらの集積地としての標札に過ぎない。

しかし，本当にそれだけだろうか。じわりと身に張りつく不安感と気迷いは，もっと単純な手前のところにある。ブラック・ノートには，かつてどこかに書き，捨て去った私の文章も，流れ着いたのではないかという疑念である。いったん漂着してから，またどこかを彷徨っているかもしれない。不安な気分ばかりでなく，漂流物としての再見のチャンスに好奇心が動かないこともない。気にはなりつつも，この「廃物オン・パレード」というタイトルを持つ文章から，さらに心閃くものがあった。

冒頭に置かれた，何度捨てに行っても少年の口に戻ってきてしまうガムのエピソードは，パリを舞台にしたジョン・スタインベックの短編小説に，よく似た話があったように思う。「M街の事件」と題する作であったような気がするが，記憶は曖昧だ。もしそうであるならば，「廃物オン・パレード」の文章自体に投棄物のモチーフがリサイクルされていることにもなろうか。念のため貸出ノートを確認したのだが，記録はなかった。

錯覚なのか，思い過ごしなのか，いささか眩惑を覚える事実もある。スチール製の物置が捨てられた後，紙類の廃棄物を列挙するなかにあった，「個人の家から出てきた段ボール箱に詰まったノート類」に関わるミステリーである。

最初に読んだとき，明らかに「黒表紙ノートの詰まった段ボール箱」と記してあった。もちろん，ブラック・ノートを連想した。ブラック・ノートの一挿話に自身の存在を潜ませている。

そこにアイロニカルな企みを感じたのだ。ところが，書き記していく段階になったとき，消失のミステリーが起こって，どこにも見つからなかった。あれこれ確かめてみたのだが，黒表紙ノートの入った段ボール箱など何一つ記載はない。

　はたして，どこに消えたのか。私はふいに思い立って，書庫に入り，奥の棚を確認した。ブラック・ノートの入った段ボール箱は，ひっそりと息を潜めている。ふんわりと脳裏に夢想が行き交い，「廃物オン・パレード」にあったはずの黒表紙ノートの箱は，文中から抜け出して，ひと時この部屋に漂着しているのだという思いが明滅した。「プロムナード・コンサート」（199頁）に登場したあの骸骨ミリアムと似ている。小説の外に脱出して，パリの街からロンドンのコンサート会場に紛れこんだように……。笠間保はそのエージェントに過ぎないのかもしれない。

46　ディスプレイする隣人
（24冊目，19-27ページ）

「廃物オン・パレード」に引き続き，吸い寄せられるように読みはじめた文だ。この「吸い寄せられる」という気分のメカニズムの秘密に関しては，一瞬，思いおよぶ言句が呼び起こされたものの消え去ってしまったので，新たに記憶がよみがえるチャンスを待ちたい。少なくとも廃物に関係した相似的なモチーフのつながりがあることは確かだ。

〈あらまし〉

　東京の西郊のマンション4階。会沢夫妻は隣人Xさんの奇癖に悩まされている。部屋の近くの消火器置場にフラワースタンドを置き，日用雑貨を飾るのだ。

　六法全書，分解したラシャ鋏，花瓶に見立てたボルドーワインの空瓶，『ダメ上司のトリセツ』，『ワニの上手な捕まえ方』，『穏当な敵の作り方』といったhow-toものを中心とする啓発本，目覚まし時計，コンサート案内のチラシをためた段ボール箱，ラグビー試合に持ち込まれるような巨大薬缶，高倉健主演の映画ポスターが広げられていることもあった。展示物は廃品として，管理人が撤去した。

　Xさんは50歳代の主婦。会社員の夫は，数年前から姿を見せない。息子も家出をして戻らない。外国の大学に通っているとは，Xさんが管理人に話した情報らしいが，真偽は不明。娘は体育大学に進んで新体操の選手になったらしいが，中退して音楽にめざめ，ピアノのレッスンを受けはじめた。防音壁ではないので周りの住人たちは騒音に悩まされる。会沢夫妻は，夫がフリーの編集者，妻が校正者なので，2人とも在宅での仕事に支障をきたした。隣人たちと管理人が問題を協議し，静粛を保つように申し入れるが事態は変わらない。

　騒音がひどくなりはじめると，やむをえず会沢さんは壁をすりこ木で叩いたり，ドアをわざと勢いよく閉めて示威行動をした。するとある日，フラワースタンドに金槌が置かれ，「これでどうぞ」とメモ書きした付箋が貼ってあった。ところが，しばらくしてピアノの音は止まり，代わりに赤子の泣き声が聞こえはじめた。それもいつしか消え，

ある日，娘は母だけを残して出奔した。

　その出来事の後，フラワースタンドには，白黒のタオルと果物の供物が置かれるようになった。気味の悪さに，ふたたび4階の住人一同が管理人に申し入れ，ディスプレイは強制的に排除されることになった。

　撤去されたのは，陳列物だけではなかった。真冬のある日，スーツ姿の中年男が屈強な若者たち3人を連れて現われ，部屋の家具はブルーシートをかけ，道具類は段ボール箱に詰め，1階のエントランスの外に運び出した。長期にわたるローンの滞納があったらしい。

　その日，会沢宅のポストには，大原美術館所蔵のモディリアーニ作「ジャンヌ・エピュテルヌの肖像」の絵葉書が投函され，「長い間のご迷惑とご不快の数々，お詫びします」と達筆な字で挨拶文が記してあった。首を傾げた物憂げな女性像は，X夫人の面影に重なった。

　夕暮れ近く，雪が降りだした。エントランスの外に積み上げられた家財道具の隙間でX夫人は身を縮め，道具の一つになったかのように動かなかった。会沢さん夫妻は，何一つ言葉を発しない夫人の姿を案じて玄関ロビーに招き入れ，家具と段ボール箱も中に運んだ。4階の住人たちが最初に気づくと，マンションの住人たちの応援が次々と増え，ロビーに小さな居室のような一角が出来上がった。失語状態の夫人は，管理人の持ってきたカイロで暖を取り，身を横たえるやいなや鼾（いびき）をかきはじめた。深夜に到り，救急車とパトカーが到着し，朝になるとトラックが現われ，ロビーの家財道具は廃棄物として処理された。

〈寸感〉

　実話として記述されている気配を持つ文なのだが，ドアの外の展示物の話は，正体不明の人物によって門の前に次々と供物が置かれるという，吉田知子の「お供え」を思わせないこともない。雪の日にX夫人が家具ともども表に追い出される場面は，バーナード・マラマッドの短編「弔い人」のラストシーンが思い浮かぶ。ここでも貸出ノートを確認してみたが，記録はない。それでも，リサイクルとまでは言わないが，「廃物オン・パレード」，「ディスプレイする隣人」と二つの作品のモチーフが重なり，通じ合っている可能性があるような気がする。

　この「ディスプレイする隣人」でも，錯視めいたことがあった。マンションの共用スペースに，廃棄されることを承知でXさんが飾りつける物品の中に，黒表紙のノートがあったような気がしたのだ。ところが，記述を見つけたと思って，目を凝らすと消えている。滑稽な振る舞いと自覚しているのだが，今度の場合もブラック・ノートの所在を書棚へ確かめに行った。

47　ほら，ほら，天使がとおるよ
（33冊目，2，3ページ）

　いつになく強い午睡の誘いがあった。眠気が背筋を上ってきて，脳髄に到ったときは寝落ちしていた。

　夢の中で，私は夢が始まるぞと思った。夢のさらに奥にあるスクリーンを見つめる感覚だ。

　　　イグアナに耳はあるの？

夢うつつに幼な子の声が聞こえる。

さて，どうだったかな，と私は考えながら，夢のなかで目をひらけば，幼な子は顎に大きな飾り袋を垂れ下げたイグアナで，太古の大トカゲにそっくりの面つきに，私は愛しさのあまり涙がこぼれた。

どれどれ耳はどこかな？　たぶんこれがそうらしいね。

目の後ろに鱗で隠れた耳孔のようなもの。

でも，きみには薄茶と草緑とピンク色まで交ざった縞模様の美しい胴体に，みごとな尻尾があるのだから，耳のことなど気にしなくていいさ。

（もちろん夢のなかで）私は言い聞かせた。

気にするなって？　ちがう，ちがう，とイグアナが答える。

そろそろ，夢からさめなくちゃ，と私は（やはり夢のなかで）イグアナを無視して思う。

耳の洞の主人に会いたいだけさ，イグアナの声は小さくなる。

ミミのホラのアルジって何だい？

耳の奥にずっと捨てられたままの思い出を，そう言うのさ。

捨てられた思い出なんか，放っておいてもたくさんあるよ。

ちがう，ちがう，そういうのは，捨てられたことを知っている思い出さ，とふたたびイグアナは言う。耳の洞の主は，捨てられたことも知らない思い出なんだ。

口や目を開いているのか閉じているのか，もはや声も物音も聞こえない。イグアナの捨て去られた太古の記憶なら

私も知りたかったのだが。

　沈黙の間を，耳のいとま，とか，耳の間，とか言うのではなかったか。鳴り響く沈黙。ヨーロッパのかつての賢人なら，天使が通り過ぎたと言うだろう。イグアナの耳の洞の主人とは天使のことだったのか。

　そうだよ，ほら，ほら，天使がとおるよ。

　私はいつしか遠くの見知らぬ空へ運ばれてきてしまった，そんな感覚が余熱のように残る。

〈寸感〉

　夢の中で，どこに流れ着いたのか。理由は定かでないが，いきなり感情の崩落が起こり，私は泣いたらしい。たとえ夢の中でも，その滑稽さを冷静に振り返ったとき，目が覚めた。疑念がわきだし，ふと促されるものがあって，ブラック・ノートを開いた。この夢とほぼ同一の「ほら，ほら，天使がとおるよ」と題する話にピンポイントで行き着いた。何が起こったのだろう。もし待ち伏せに遭ったとすれば，夢の方なのか，それともブラック・ノートの方なのか？

48　作品が私たちを選び，私たちを読む
（40冊目，1ページ）

　私に幻聴などといった経験は，記憶する限りないとはいえ，不意に発した一つの呟きが自分の声なのか他人の声なのか，出所不明のまま宙づり状態の気分で，妄念に入りこむことはよくある。自分自身のなかに伏在する他者の声の正体にこだわると

なれば，自分の声もまた「引用の織物」などという洒落た言い方には程遠いにせよ，綾地の重なるテキスタイルの糸口を見つけて，ほどいてみたくなるような気分に浸ったりするのだ。

　どういうことか？　「私たちが作品を選び読むのではなく，作品の方が私たちを選び，私たちを読むのだ」という一文が口から洩れ，それは私自身の思念なのか，それとも他に典拠を持つ言葉なのか遅疑していると，まさしくそのような惑いを遠ざけてしまう例言が現われた。

> 　私たちに視線を向け，私たちを見つめ，私たちを夢想して，私たちのことを考えているもの，それがモノ（object）である……。モノは，そのシステム，その悪ふざけ，そのよそよそしさ（異物性），その消滅，さらにはその内在性を通じて，あらゆる力を行使しているのではないだろうか？
> （アンヌ・ソヴァージョ著，ジャン・ボードリヤール写真『ボードリヤールとモノへの情熱──現代思想の写真論』，塚原史訳，人文書院）

　貸出ノートを調べたが，この本の記載はなかった。乱雑に積み重なった本の山のどこかに，現物があるかもしれないと探してみたが，すぐに根気がなくなった。代わりに現われたのが，イタリアの作家で古書コレクターであるアンドレーア・ケルバーケル著『小さな本の数奇な運命』（望月紀子訳，晶文社）という本だ。ある作家の一冊の本が，およそ 60 年に及ぶ自らの人生を回想する。最初の 17 歳の読者に始まり，持ち主から持ち主への波乱の変遷をへて，今は古書店の売れ残りの棚で新た

な買い手を待っている。段ボール生活を1年ほど経験して，晴れの舞台なのだが，ヴァカンスまでに売れないと廃棄処分になる。客の視線が近づいては他の本に移っていく。「このむなぐるしいまでの期待感。まるで病気だ。ここに並べられてもう二週間になるのに，客の顔が近づくたびに，どきどきする」と読者の動きを見つめ，その意図を探る。

　読者を待つ受け身の態度にも思えるが，むしろ本の方こそが自らの声に呼応する読者を選んでいると感じられる。だとすれば，書庫のなかでこの「数奇な運命」の本に遭遇したこと，つまりは私を待ち伏せしていたかのような現われ方は，何か意味ありげな事態に思える。

　先の引用文に戻れば，ブラック・ノートの最終40冊目の1ページに置かれていることが気になる。冒頭の「『心中の声』に耳をすます」（20頁）で示したように，同じく最終ノートの末尾に記された文章と照応関係を持つように思えるからだ。「作中人物もまた作品の外の音に耳を澄ましているのだ。（中略）読者の心中の声すら聞こえるときがあるぐらいだ」と。ただしその折に，そう易々と私の「心中の声」など判るはずがないとも記した。それは今でも変わらないと言いたいところだが，何やら昏惑の心持ちを曳き，自分で自分を謀る錯雑とした気分がのぞく。すると，この「謀る」という瞬時の心理的な揺れに反応して，ミステリアスな出来事を伝える文が現われた。

49　ロンドン・バークリー・スクウェアー事件
（39冊目，8-15ページ）

　なぜこの文が私を待ち構えていたのか，皮肉なような嫌味のような思いを抱きつつも，書かれている事件の顛末(てんまつ)とは裏腹に，笑話のような印象も持つのだ。

　　写真集のコレクションを持つ旧知の古書店マッグス・ブロス（19世紀半ばの創業）が数年前に転居したと聞いたので，そこに行く前にまず旧店舗はどうなったのかと，グリーンパーク駅から徒歩10分，バークリー・スクウェアー50番地のビルを訪ねることにした。幽霊話が多いロンドン市中にあって，もっともよく知られた曰く付きの建物だ。私はとりたてて幽霊に関心があったわけではないが，懐かしさに心誘われて立ち寄ることにした。小さな公園の前だが，木立が斑の影を作っていて，必ずしも人通りの多い一角ではない。
　　時刻は黄昏の近づく午後3時半頃だったろうか。旧店舗ビルの写真を何枚か撮り終わったころ，グレーのコートにソフト帽をかぶった中年の白人の男が，カメラを構えながらにこやかに近づいてきて，道路の反対側の公園を指さし，写真を撮ってほしいと頼んできた。駐車した車の間を抜けて道を渡り，木立の囲む公園を背景に1枚，場所を移動してもう1枚撮ろうとしたとき，同じような年恰好の女が現われ，カップルの写真となって収まった。
　　直後，女が小さく叫び声を洩らし，私の背後で威圧的な足音がした。30代半ばと20代後半くらいの二人の男が近

231

づいてきながら，首から下げた身分証明カードを見せ，警察官を名乗り，コカインの摘発の特別ミッションで捜査中だと言った。公園の向かいのアパートを指さし，たった今コカイン取引の現場を押さえたところだという。

　制服は黒ではなく，ベレー帽に水色の縦縞のある灰色のジャケット。軍服姿に似ていて，いかにも特殊な捜査隊を思わせた。二人の白人警察官は，南欧系あるいは北アフリカの出身のような風貌で，その英語はイギリス人とは異なるが，とくに聞き取りにくいものではなく，むしろ分かりやすかった。

「パスポートを見せろ」

「私はコカインなど持っていない」

「いいからバッグを開けろ」

　そんなやり取りがあって，ソフト帽の男は，おびえた様子で警察官たちの指示に従った。

　私もパスポートを渡し，バッグの中身の点検に応じた。コカインは本当に持っていないか，と繰り返し尋問する。

「もっと本人確認が必要なので，クレジット・カードを2枚見せろ」

　私は普段使っている VISA とほとんど使わない JCB を見せた。年長の方の警察官が，それらをしげしげと確かめた。

「ジャパンマネーはあるか？　ニセ札が多いので確かめる」

　同じ警察官が重ねて言う。私が日本円を入れた財布を開けると，警官は紙幣をつかみ，陽にかざしてから，無造作な手つきでカードと一緒に戻した。だが，このときの手品

のような指の動きが一瞬気になったが，緊張のあまり，はっきり記憶できていない。

「本当にコカインは持っていないか？」

と若い方が執拗にきく。年長の警察官は暗証番号打ち込み機を差し出し，新たな要求をしてきた。

「カードのピンコードをここに打ち込め」

「ピンコード？　どうして？」

「もっと詳しく本人確認をするためだ」

「それなら，ポリス・ステーションに行って，そこであなた方の話を聞きたい」

「われわれを疑うのか？」

と二人は口々に言い，道路の反対側の歩道で携帯電話をいじっている男に，胸から下げた ID カードを大げさに示し，「これはメトロポリタン警察の身分証明か」と尋ねた。聞かれた男は，「イエス」とうなずいた。

それでも私はピンコードを押すことをためらったのだが，警察の要求を拒むと面倒なことになると不安に駆られながら，それでもおそるおそる嘘の番号を打ち込んだ。すると警察官の声に凄みが加わり，強い詰問の口調になった。

「いま，お前はわざと間違ったピンコードを押したな？」

（「わざと」on purpose が大声になった）

なぜ嘘の番号だと知られてしまったのか，わからない。かまをかけたのかもしれない。続けてこう言った。

「警察を欺くと fatal な結果となる。そこの車の中で，さらに検査をするから来い」

警察官を名乗る二人の男は，私の両腕を掴み，車に引きずって行こうとする。私は恐怖で体がこわばった。警察官

233

がたかだかこの程度の尋問で fatal（命に係わる）という言葉を使うわけがない。明らかにニセ警官だったとこの段階で判った。

　車の中にはもう一人運転手役の男の姿もある。もし車の中に連れ込まれたら，身ぐるみ剥がされるだけでは済まず，わけのわからない注射を打たれ，ロンドン郊外の空き地に死体となって放置されることになるかもしれない。そして，「日本人行方不明」のニュース記事が小さく出るだろう。

　もちろん，このときにそんな最終的な光景が生々しく浮かんだわけではない。ただ恐怖心で，車の中に拉致される危険から逃れたいという必死な思いがあるだけだった。

　私は二人の男に言った。

「ピンコードをもう一度押し直すので，ちょっと待ってくれ」

　私の腕をつかむ男たちの腕が緩んだ。そして私は助かりたい一心で正しいピンコードを押した。このとき男たちが何か言ったようだが，覚えてはいない。

　私は解放されたが，最後にまた「コカインに気をつけろ」とニセ警察官はもっともらしく捨て台詞を吐いたが，「ふざけるな！」（Don't be silly!）と叫びたい気持ちだった。振り返りながら，こいつらの写真を撮っておこうかとも頭をかすめたが，新たな危険を招くかもしれないと，小走りで現場を立ち去った。そして気持ちを落ち着けて財布を確かめると，VISA カード 1 枚と日本円の 1 万円紙幣が 5 枚抜き取られていたことに気づいた。

　最初の紳士風の男も，通りすがりの男もすべてニセ警官の仲間で，周到に仕組んだ犯罪計画で，同じ仲間だったの

だ。しかし登場してすぐに姿を消した女性の正体はよく判らない。思い出せば，ややメンタルなハンディキャップを持った人のような印象もあるが，曖昧なままだ。ことによると建物に棲みついていたゴーストだったのではないかと疑惑の気分が湧き出す。

　Wi-Fi の受信できる場所を探したり，携帯電話の通信状態が悪かったり，緊急連絡の電話番号が繋（つな）がらなかったり，繋がっても通話できなかったり，あれこれ手間取っているうちに，2 時間後にようやくカード会社に連絡が取れたときには，すでに引き出し限度までローン扱いで現金が引き出されていた。400 ポンドが 4 回，500 ポンドが 2 回の合計 2600 ポンド。

　以上の事件内容を警察に連絡した結果，ロンドン・メトロポリタン警察から，朝の 8 時半に宿泊先へ女性警官が現われ，事件の詳細を確認し，調書を取った。これは前例にないプロットを持つ犯罪との説明で，防犯カメラのない地区をねらったものだと言った。そして当該事件に正式な捜査番号が付けられたのだが，今後犯人が逮捕された場合，裁判に出廷して証言をする気はあるかと尋ねられた。わざわざそのためにロンドンに来る気はないと答えた。いずれにせよ捜査が進展したならば，報告をするという。だが，まだ犯人らしき人物が捕まったという知らせはない。

〈寸感〉
　ここで終わっている文なのであるが，以下のことを記さなければならない。笑い話のような事実だが，この文章は私自身がロンドンでの体験を書いたものである。先に「ミステリアスな

235

出来事を伝える文」と述べたが，それは「事件」の内容もさることながら，ブラック・ノートにこれが紛れ込んでいる点にミステリーがある。廃棄された文章の亡所として，ここに繋留されても不思議ではないにせよ，これは公に書いたものではなく，カード会社との盗難被害の交渉用に走り書きした事件のドキュメントであり，何度かの遣り取りで被害金額は支払い免除となった。したがって，用済みになった後はその所在を忘れさえしていた文書なのである。書類の山の中か，積み重なった本の間か，いったいどこに放置してあったのか見当がつかない。「プロムナード・コンサート」（199頁）のような虚実の反転したブラック・ノートへの紛れ方とはまた別の形で，薄気味悪い当惑を覚える。

　後に続くカットされた文には，どのような意図か判断がつかないが，いわゆる〈見せ消地〉の扱いで大きく×の線が引いてある。

　　　　思い起こすたびに緊張がよみがえるが，2600ポンドで命を拾ったのかもしれない。ロンドンで身をもって小説用のエピソードを入手したとも考えたい。さて，どうなるか。創作的な思考に入ると，何よりも事実の細部の正確な復元が最優先で，それがないと何一つ始まらない気がする。その確認に区切りがついて初めて，すべてがもはや他人事のような境地になり，気分が創作的な転換へと向かう。

　×の斜線があれば，否が応でも目立つことになる。「忘れていることがありはしないか」と，私の心の空隙をついてきたかのようだ。しかし，有難くもない鬱陶しい思いを呼び起こすこ

236

とも確かだ。

「事実の細部」とまでは言えないものの，事後処理は円滑に進んだ。この点，ロンドンで合流したＴの判断と行動には大いに助けられた。手間取ったカード会社への連絡は，その日の夜に会食の約束があったＬ大学のＨ教授へ電話相談，ブリティッシュ・ライブラリーのカウンター係員の助言など，最低限の対応はできた。警察への連絡もその日の夜に，Ｔがロンドン警視庁のホームページから被害報告の可能な相談フォームを見つけ，上記の事件経過を英語に翻訳し送信した。結果として，メトロポリタン警察からの連絡を得ることができた。

「小説用」としてメモ書きした項目を思い出してきた。古書店マッグス・ブロスの入っていた建物は，19世紀中ごろ，上階に住んでいた30代の女性が飛降り自殺し，亡霊の出没するロンドンでも名の知れた haunted house（幽霊屋敷）となったこと。したがって，事件でソフト帽の男の脇に立つ，どこからともなく現われた女性は，確かにこの建物に住み着く亡霊だったのだと思う。もし男が後に携帯電話で撮った写真を見るとすれば，見知らぬ女がカップルとして映っており，さぞかし驚愕するであろう。

　マッグス・ブロス書店が競売に出した有名な逸品の一つに，ナポレオンのドライ・ペニスがある。入手経路は秘密だったが，乾燥状態とはいえ，思いのほか小ぶりだったらしい。これは，人から人へ渡りウィンストン・チャーチルが海軍大臣時代に入手したという噂もあったが，真偽の程は定かではない。

50　梢の風が吹いて
（32 冊目，1-3 ページ）

「プロムナード・コンサート」（199 頁）の「付記」に現われ
た笠間の姪 J（今は音楽雑誌の編集者のようだ）が書いた，大
学時代の S 先生をめぐる回想文らしい。なぜこの文からの呼
びかけがあったのか，必ずしも整理された考えには到っていな
いのだが，ことによるとブラック・ノートの出自に関与する可
能性もないことはないだろう。

　〈梢の風が吹いて〉
　　梢がしなって白い葉裏がのぞき，木立のなかにこもる暗
　がりがくずれた。一瞬，木の奥から初秋の空へ小鳥の飛び
　出していく気配があったが，枝の揺れはすぐに静まった。
　　7 号館の演習室の窓の近くに，大きな葉を密集させた朴
　の木が枝を伸ばしている。
　「梢の風がとおっていったね」
　　と S 先生は授業を中断し，窓の外への私の視線を辿り
　なおして呟いた。前にも先生が口にしたことのある言葉で，
　枝葉を吹きならして過ぎる風のことを指すらしい。
　「ちょっと休憩して，みんなで木を眺めようか」
　　唐突な提案に，ゼミの仲間たちに笑いが起こった。私の
　隣の M 子が窓側の席に移動したのに促され，皆は窓に向
　かって姿勢をかえた。
　　S 先生は教卓に肘をつき，物思いにふけったように窓の
　外を眺めていた。
　「ぼくもけっこう好きです。風にそよぐ木の葉を眺めてい

るのは」

　後ろの席から文具メーカーの仕事が内定したばかりのH君の声がした。私たちの間から何も意見が出なくなると、先生はいつもH君を指名して、沈黙した教室の空気の入れ換えにかかる。

「木と同時に、私は梢を揺らす風を眺めているんです」

　と先生はいつもと違った調子で応じたので、私は顔を上げ、改めて窓の外に目をやった。

　少し間があって、S先生は写真家の親友の話に触れた。カナダに行ったまま長いこと消息を絶っているという。「大学3年生のときに、彼はわけあって警察に勾留<ruby>勾留<rt>こうりゅう</rt></ruby>されたことがあるんだけど、そのあと一緒に裏磐梯へ旅したことがあってね。その時あいつ、ぽつりとこう言ったんだ。『湖の水面をわたっていく波紋は、水の模様なのかな、それとも風の模様なのかな』って。私がなんと答えたか、まったく覚えてないけど、どちらだろうね。波の紋は、水のものか、風のものか。今なら、風の作る模様だと言うかもしれない」

　話はそこで止まった。S先生は立ち上がり、ホワイトボードの字を消しながら、休憩前のレクチャーを復唱した。青年および青春という概念や現象の発生は、近代社会のブルジョア階級の勃興と連動したもので、しかも男子の特権だった……。

　ふたたび教卓に戻った先生は、小説家でもあるのでときどき起こる事態なのだが、不意に記憶がよみがえり、発想が動きだしたらしく、ゆっくりした口調で湧きだしたばかりのアイディアを話しはじめた。定番の授業メニューよりも物

語の萌芽を聞くほうが，想像を刺戟して私は好きだった。

　——あるとき写真家の親友が，段ボール箱に詰められた黒いノートを旅先から大量に送ってきた。消印はパタゴニアの世界最南端の町ウスアイア。追加の段ボール箱も，沖縄から送られてくる。ノートは総計40冊，長短の入り混じった創作的な断章が書き込まれ，読んで随意に使ってもいいし，無用ならば直ちに処分してほしいという趣旨の手紙も添えてあった。

　S先生は着想の動くままに，黒いノートの断章群のプロットの紹介を始めた。まるで車窓から移り行く風景を眺めるように話が続き，何日も長距離列車に乗っているような気分だった。

　M子が気に入ったのは，ハズキちゃんという小学1年生の子のお父さんが，保護者会の活動で，子どもたちに語った「世界一長い話」という怪蛇ウロボロスのイメージを模した話だった。H君が心惹かれたのは，『土佐日記』の紀貫之の旅を平安から現代に移し替えて，原作と同じ女性の語りで記すトラベル・ライティングだった。

　私が興味を覚えたのは，「北緯39度，花巻」という話で，宮沢賢治の故郷を起点に，この緯度の土地を西へ西へと移動し，東北地方から日本海，中国大陸のゴビ砂漠，カスピ海，マドリード，大西洋，ニューヨーク，シカゴ，太平洋，そして花巻に戻る……と地球を一周する幻想譚だった。それと，思わず微笑んでしまう短いアフォリズム風の一文の紹介もあり，誰の言葉か聞きそびれたが，「エゴイストとは，私のことを考えてくれない人のことである」など，うなずけるものがあった。

このようにその日の授業は，皆でS先生の長い夢想の旅に同行したことになる。

　小梨の木だろうか，夕暮れの逆光の中で樹影が細く歩道に伸びていた。私はバス停に向かう坂道を上りながら，S先生の話は，きっと笠間叔父さんが関心を示すだろうなと思った。先生の友人と同じ写真家で，世界を放浪し，書くことが好きでノートを持ち歩いていることも似ている。こうした話の数々はいったん聞くと誰かに言いたくなり，伝播力がある。好奇心の強い叔父の性向からすれば，ノートを一式借り出したいと頼んでくる可能性も大いにあるだろう。一方で，ノートなど実在せず，S先生の思い潜めた心へと梢の風が運んできた，束の間の物語だったような気もする。

〈寸感〉
　笠間保の姪による文の転写だという。ここに書かれていることから判断する限り，S先生の元に届いた黒いノートを笠間が借り受けてブラック・ノートにしたか，少なくとも文章のいくつかは借用したものという可能性がある。それならば，作者の複数性に関して幻惑的な事態が重なることになるだろう。しかし私としては，最後に記されているように，ひととき風が運んできたS先生の想像の所産と考えるほうに加担したい。

51　古文書を発掘した

　ある日，取り立てて特別な目的があったわけではないが，ブ

ラック・ノート全冊をこれまでのように段ボール箱に収納するのではなく，机の背後の書棚に並べた。するとパソコンの電源を切ったとき，画面の奥に四角の横穴が見えた。頭の背後に黒い矩形の洞窟の口が開いているのだ。

　数日後，気になるのでノートは元の段ボール箱に戻した。その折に，古文書を発掘したのである。発掘というよりも，たまたま見つかったわけなので，遭遇と言うべきかもしれない。ただし，私自身がかつて書いたと覚しき，忘却の淵に沈んでしまっていた古い文書である。

　私の場合，単行本に収録したものは別として，あちこちに書き散らした文をきちんと整理もせずに，成り行き任せに放置し，書いたこと自体も忘れたままのことが多い。部屋は古い書類やコピーなどの紙類，何が入っているか判らない段ボール，それらに書籍や雑誌が未整理のまま重なり合い，片付けへの心せく気分を引きずりながら，混乱はいつまでも続いている。

　寄贈を受けた本だけでなく，演奏会チラシの間から，一年も前の私信が未開封のまま出てきたときには，さすがに気分が落ち込んだ。「いちいち気にせずに不義理を覚悟して過ごさないと，狂気に陥る」と言った人がいるが，何の人生訓にもならなかった。

　私は2012年までワープロ〈NEC 文豪〉を使っていた。したがって，それ以前に書いた文章は，フロッピーの磁気が飛んで復元できないし，原稿の掲載紙などは散逸しているので思い出せない。そのような中で，意想外の「発掘」があったのだ。

　深夜，ブラック・ノートを段ボール箱に戻すとき，脚ばかり長い小さな赤い蜘蛛が『日本異界絵巻』という本の上にいたので，朝逃がして吉兆となるように捕まえにかかった。だが，書

棚をふさぐ本の山の間に入り込んでしまった。本と本の隙間に紙がはさまっている。引っ張り出すと，二十年前に出した評論集のパブリシティ用の文だった。版元の依頼で書いたものだが，宣伝文にはなっておらず，もう一つ批評文を書いたような仕儀で，使われずに終わったのだと思う。

　虚言について生真面目に書いていることが可笑しい。タイトルは「フィクションの愉しみ」というあっさりしたもので，以下が全文である。

　　常日頃から「好き嫌い」を物事の判断基準にしているわけではないし，今ここで大仰に公言するほどのことでもないが，私は嘘つきが大嫌いである。たぶん嘘つきも私のことを嫌っているであろうから，長年にわたり，互いに確執を続け，今日に到っているわけだ。

　　威張っている人間も私は嫌いだが，こちらは愛敬のある場合も多い。何年も前に，私よりも一回り年若い文芸評論家が，威張ったような断定口調で，拙作を論じて「こうした最近の若い小説家は，……云々」と書いてあった。この一文を目にしたときは，実に愉快で，何やら得をしたような気分になったほどだ。しかし，嘘つきにはどうしても寛容になれない。

　　そんな私がなぜ〈虚言〉なる語をタイトルに持つ本を刊行するのか。理由はいたって明快である。嘘をこよなく愛しているからだ。ただし，嘘つきの吐く〈虚言〉ではない。嘘つきというものは，そもそも嘘を愚弄している人間だ。嘘に敬意を欠いている。それだからこそ，軽々しく嘘がつけるのだ。「嘘も方便」という人生処方を私も認めないこ

ともない。切羽詰まった局面で，真実を伝えることが地獄を招き，嘘をとおすことが天国を守るのであるならば。

　しかし，〈虚言〉を日常の破れ目を糊塗する「方便」に貶めてはいけない。〈虚言〉＝フィクションは，愛らしくも荘厳な，ときに戦慄に満ちた恐怖で魂を凍りつかせ，しかし何よりも愉しみ溢れる人間的営みなのだ。そこには巧緻であれ，大胆であれ，さり気なくであれ，魅力的な工夫が凝らしてある。そうしたもの（すなわち文学）がこの世に存在する嬉しさは格別なはずだ。ここにあるのはその嬉しさを熱くかつ静かに伝えようとする批評的試みである。

　ふっくらしていて，豊かな，それでいて油断のならない緊迫した空気の漂う〈虚言〉＝フィクション。それぞれ固有の魅力を放つフィクションへの敬意の表し方として，ここではさまざまな批評スタイルを用いている。小説の方略の愉しさを対象への擬態批評によってパロディ風に論じたり，「嘘」をめぐるエピソードを引用の問題に転用したり，錯覚や偽装をもたらす措辞の仕組みをテクストの手触りを頼りにイメージ論的に読解したり，批評的パフォーマンスとして，いずれの試みも〈虚〉は〈実〉を含む。とりもなおさず，それこそが文学の魅力の一端を伝える方途と信じている。

　文学的虚構＝フィクションは，人生万般で口にされる「役立つ・役に立たない」の性急な二分的発想を突き崩すものだ。それゆえにこそ，文学は私たちの〈生〉の奥行を広げる契機を作るであろう。

折り重なって，もう一部原稿のコピーが出てきた。どこに何

244

のために書いたのか，すっかり失念しているが，これもまた
〈虚言〉をめぐる文で，ある哲学者のエピソードを添えて記し
ている。今の宣伝文もこのエッセイも，亡失あるいは廃棄され
た文章として，ブラック・ノートにひっそりと漂着している可
能性もあるだろうか。そんな予感が生々しくうごめく。仮に漂
流物ではないにせよ，ブラック・ノートを読み進めることを通
じ，こうして捨て置かれた文章を再録することになるわけであ
るから，結果としてブラック・ノートにサプリメントが加わり
増補版のようなものになる。しかしこれらもまた，意識的な追
跡をめざすや，身をひるがえして何処かへ流亡していくに違い
ない。焦る必要はないとはいえ，急いで「夕映えのなかの哲学
者」のコピーの全文を書きとっておきたい。

　〈夕映えのなかの哲学者〉
　　ガルシア＝マルケスが『パリ・レヴュー』誌のインタヴュ
　ーのなかで，ふと口にした言葉がある。
　〈パブロ・ネルーダの詩に，うたうときに，わたしがでっ
　ち上げをやらないように，神よ，守ってください，という
　一節があるよ。〉
　「でっち上げか……」と私は何やら不穏な言葉に出会った
かのように心がゆれた。奇想と大ほら話がむせ返るような
熱気の中で奔放な語りのエネルギーを放つ，そんな小説の
書き手であるガルシア＝マルケスが，ことさら「でっち上
げ」の戒めについて引証するとは意外な感がある。何しろ，
殺された男の血が家を一周して街へ流れていったり，二百
歳をこえる牛の姿の独裁者が無理難題を突きつけたり，悪
魔の与えた巨大な男根を持つ男や空中浮遊を行う神父た

ちの跋扈する話が，カリブの現実からすれば，「でっち上げ」とは関係ないと述べるのであるから。しかし，この発言にひそむ巧妙な韜晦，あるいは真摯きわまる企みの妙趣をあれこれ推考してみたい誘惑にかられるものの，いまはそこへ立ち入らない。

パブロ・ネルーダ。ガルシア゠マルケスのインタヴューに現われたこのチリの詩人の名前が連想を呼び，私はある哲学者を思いだした。ほとんど表情を崩さない端正な面長の顔が記憶の奥に浮かぶ。この顔に魅了されたスイス生まれの彫刻家は，パリのアトリエで何か月ものあいだ休むことなく，デッサンを続けた。おびただしい数の「イサク・ヤナイハラ像」が描かれ，廃棄され，描かれ，廃棄された。

稀有な造形的現場に臨み，このモデル体験をつぶさに記録した思索の書『ジャコメッティとともに』のなかで，哲学者ヤナイハラが「見えるものを見えるとおりに描くこと，言い換えれば，存在にまつわりつく空虚を描き，空虚を描くことによってそこにあるものを出現せしめること」と記した試みだ。彫刻家は対象の出現と消滅が同時的に起こる存在の究極的な明視に到り着きたいのだ。

顔を凝視するデッサンの孤独な格闘は，毎日深夜にまでおよぶ。ときに顔の起伏が砂漠のように広がり，彫刻家は煩悶する。アトリエを覗きに来たジャン・ジュネは，ポーズを崩すまいと握手の手も出さない哲学者の横で，「何という情熱」と嘆息する。

哲学者はネルーダの代表作『マチュ・ピチュの高み』の翻訳を1987年に刊行した。竹久野生の挿画の入った日本語訳の美装本。インカの廃墟の土と石の感触を魅力的に伝

える竹久の絵について，哲学者は解説のなかで偶然にもガルシア＝マルケスの言葉を援用し，こう述べている。

　──ガルシア＝マルケスが"ここではシュールリアリズムが洋服を着て歩いている"と語った都市ボコダで彼女が吸収したもの，アンデスの山中の石の言葉が沈殿し化石となったものが散りばめられている。

　なぜネルーダなのか。「孤絶の地の廃墟」と「石の沈黙」の中へ消えた死者たち，「その人々への共感によって詩人は現在と過去のあいだを往復し，死者を蘇らせ，抑圧のもとで喘ぐ全世界の民衆に死者からのメッセージを伝える」と哲学者はネルーダへの思いを伝えている。

　詩人は歌う，「まばゆく拡がる光彩の奥／この石の夜の奥底に　わたしの手を沈めさせよ」。そしてとりわけ次の詩句に私の記憶が動く。「生者　死者　黙す者　耐えている者　これらすべての者の手のなかに　コップのように都市がたちあらわれた」。

　「まばゆく拡がる光彩」と「コップ」の詩句が，文脈を離れて，私の記憶の奥へと漂いだす。だが，どこへ向かって？

　『マチュ・ピチュの高み』には，別巻としてネルーダ自身によるスペイン語の原詩の朗読と訳者の朗読テープがついている。再生してみると，磁気カセットテープはいずれも経年劣化で，声が異様に間延びし，途切れ，不快なノイズ化した声音が聞こえるだけだ。それでも，哲学者の謡曲で鍛えた低い声の記憶に行きつく。フラットな，ときにくぐもったように響く低い声を私はとりたてて好きとは言い難いものがあったが，ふいに懐かしさがこみあげた。それで

も，この声からは私がよみがえらせたいイメージには到りつかない。それを語るためには，ある場所をめぐる道筋をふたたび辿らなければならないであろう。

　その場所では二つの太陽が現われる。
　新宿西口超高層ビル街。ここで経験したいくつかのエピソードがあり，とくに夕暮れどきの話はすでに書いてきた。
　新宿三井ビルの壁面は反射ガラスが使われていて，ビル全体が巨大な鏡のように見える。冷ややかな翳が街を浸しはじめる黄昏の時間になると，鏡面に日没の太陽が映し出されて，通りは奇妙な明るさに充たされるのだ。議事堂通りのプラタナスの街路樹の根元にわずかに残る土に，野芥子が黄色の花を咲かせ，くびれた葉を伸ばしているが，その花影も日没の自然光と三井ビルの壁面の反射光によって二つできる。
　ある夏の終わりの夕暮れ，私は会合の予定されたホテルに向かって，住友ビルの前を歩いていた。やや時間に余裕があったので，広場のベンチに座り，買ったばかりのレコード雑誌を開くと，背後から「ほら，かわいいよ」という幼子の声が聞こえた。振り向くと，街路表示板の下で，5,6歳の少女がしゃがんで何かを見つめ，母親も一緒にのぞきこんでいる。
　親子が立ち去ったあと，私は確かめに行った。案内板の支柱の脇に，ボールペンの長さくらいの草が1本生え，白い花をつけている。大匙で山盛り一杯ほどの，砂塵まじりの土くれを頼りに，ニラが枝葉を伸ばしていた。枝の先に糸くずを絡めたような花を載せ，微風にゆれている。

248

私はざわめきの増した街路に目を移した。ビルの谷間が異様に明るい。この場所に二つの太陽が現われることを，このときあらためて実感した。鏡面ガラスを張った三井ビルの壁に夕陽が当たり，あたかももう一つ太陽が生まれたかのように，強い陽射しを街路に放つ。氾濫する夕陽に身を沈めると，光に酔い，昂揚感が身体全体に広がる。ここに溢れるのは自然光なのか人工光なのか。たぶん，そのいずれでもあり，いずれでもない。自然と反自然という図式的認識の対置は，ほとんど何の意味もなさない。自然＝本物と人工＝嘘という並列的な認識の構図は，胡乱で粗雑な思考が吐かせる言葉にすぎないのだ。

　この街には，コップのなかに富士山があらわれる場所もある。

　新宿三井ビルの鏡面の壁の上部に映った富士山が，街路を挟んだ向かい側の京王プラザホテル1階ティーラウンジの窓ガラスを突き抜け，テーブルの上のコップの水面まで届く席があるのだ。

　ある5月の夕刻，私は京王プラザホテルのティーラウンジの西端の窓側の席に座った。三井ビルの壁面の反射ガラスに映っている富士山の位置を慎重に確かめながら，テーブルのコップを少しずつ動かし，微妙な方向に気を配る。そしてコップをやや斜めに傾けてなかを覗く。

　それから，何かに耳を澄ますような気持ちの構えで，一心にコップの水を見つめ，銀色のメタルのコースターを底に当てがいながら，やや横に移動する。すると水面のうっすらとした翳は，繊細な光の表情を帯びはじめ，静かに富士山を浮かび上がらせるのだ。

私は深淵に引き寄せられるように，コップの水を覗きこむ。一瞬，水面が震え，光が散る。水面に静寂が戻ると，青白く淡い光のなかに，ふたたび富士山がほのかに現われた。

　新宿超高層ビル街の残照の氾濫と鏡面の壁の照り返しが，コップのなかに富士山を届ける。私はかつてこの話をある雑誌に書いたことがある。哲学者への追懐の思いがゆきつくのは，ここからなのである。

　確か晩秋の時期だったと思うが，哲学者から電話をもらった。めったにないことで，私は緊張気味にちぐはぐな応対をした記憶がある。

「中村さんは，あの小説をどういうつもりで書いたの？」

　電話でも低く抑揚のない声だった。

「おもしろくなかったですか？　もうしわけありません」

「いや，そういうことじゃなくて，あそこに行ってみたんだ」

「お一人で？　誰か一緒だったのですか？」

　たまたま遭遇した転形劇場の太田省吾の芝居でも，昭和女子大学人見講堂のロス・アンヘレスのリサイタルでも，それぞれに介添えの若い女性を同伴していたのだから，とっさとはいえ野暮な質問だった。

「さっちゃんだよ。彼女が，あなたの書いた小説の舞台に行きたいといってね」

「そうだったんですか。よかったですね」

「よかったって，そういうことじゃなくて，私は驚いてしまった」

「どうしたのですか？」

「あなたは，あの話をもちろんフィクションのつもりで書いたのだろうけど，驚いたね。本当に見えたんだ」

「何がですか？」

「だから，ほら，富士山。コップのなかに，見えたんだ。富士というより，形がすこし崩れて，夕焼けのなかに小さな島が漂っている感じだったけれど」

「えっ，ほんとうですか」

「でも，あなたが小説で書いていた席では，見るのは無理だった。西側じゃなくて，東の窓側の席の2列目だよ。いや，おかげで，面白い体験をさせてもらった。さっちゃんも，びっくりしていたよ。ありがとう」

「えー，そうだったのですか。驚いているのは，私のほうですよ。事実は小説より奇なりというのと，ちょっと違うかもしれませんが，とにかく，まあ，フィクションとして書いたことが……」

「中村さん，あのね，今の私の話だけど」

　哲学者はそう言いかけて，息を切らし，咳こんだ。瞬間，私は事態を了解した。しかし，このような場合，虚構のゲームを守ることが暗黙のルールはずだ。

「まさか本当だとは，驚きました」

「今の話ね，私の作り話だよ。引っかかったね」

　笑い声とともに電話が切れたのだが，哲学者のフィクションが小説家のフィクションに勝ったと可笑しそうに言ったようにも思うのだが，この記憶は曖昧である。

　哲学者は，いわば小説のなかを散歩して，内部から虚実を反転させたのだと思う。

　コップの残光に浮かぶ富士山を見つめたあと，街路にあ

ふれる夕陽に身をひたしながら歩く，哲学者の後ろ姿がい
　　まあざやかに思い浮かぶ。

　話はここで終わりだ。しかし，たとえ贅言（ぜいげん）に感じられようと
も，あえて反省的な感懐を述べないと納まりが悪いように思え
る。フィクションの営みをナイーブな意識のまま置き去りには
できないからだ。
　では，どうするか。この文の冒頭のネルーダの戒めの祈りを
そっと呼び戻しておきたい。

　　　「わたしがでっちあげをやらないように，神よ，守ってく
　　ださい」

　それから二週間ほどたつが，いつしか蜘蛛の行方のことなど
私の念頭から去っている。すべてが遠い出来事に感じられるが，
「戒めの祈り」は神に届けられただろうか，気になるところだ。
　そんな思いがあれこれ行き来した深夜，家が軋（きし）み棚も微動し
はじめた。私は地震を疑ったが，すぐにおさまった。しかし気
分の揺れは残り，赤蜘蛛の生息の場所はやはりブラック・ノー
トの箱のなかではないか，と胸がざわめいた。
　私はティッシュペーパーを手にして，世界最南端の町ウスア
イアから届いた段ボール箱をこわごわと開けた。次に沖縄から
来た小さな箱。
　蜘蛛はいなかった。それだけではなく，ブラック・ノートも
消え去り，二つの箱は闇が溜（たま）り，底に黒々と穴が空いている。
瞬間，身体を震えが襲い，前よりも強く家の天井と棚が軋みだ

252

した。また来たか，と覚悟を決めたが，今度もおさまった。我が身の眩暈にすぎず，勘違いをしている。しかし何をどのように勘違いしているのか，次第に判らなくなった。気を鎮めて窓を開けると，遠くから雨脚の近づく気配がした。かすかに湿り気を帯びた夜の香りを私は吸いこんだ。

—— 了——

〈付記〉

本書は「物語の余熱──『ブラック・ノート』抄」のタイトルで，水声社
配信のメールマガジン「コメット通信」第3号（2020年10月）から第16
号（2021年11月）まで断続的に連載した小説に基づいている。単行本化
にあたっては，大幅な加筆と改訂を行った。また，連載に先立つプロトタ
イプを多岐にわたる媒体に発表した作もある。『コメット通信』をはじめ，
折々に執筆の機会を与えられたことに対し心から謝意を申し述べたい。

著者について──

中村邦生（なかむらくにお）　1946 年，東京都に生まれる。小説家。大東文化大学名誉教授。「冗談関係のメモリアル」で第 77 回『文學界』（文藝春秋）新人賞受賞。第 112 回，第 114 回芥川賞候補。主な小説には，『月の川を渡る』（作品社，2004 年），『チェーホフの夜』（2009 年），『転落譚』（2011 年，いずれも水声社），『芥川賞候補傑作選・平成編 2』（共著，春陽堂，2021 年。「森への招待」を所収）など。主な評論には，『未完の小島信夫』（共著，水声社，2009 年），『書き出しは誘惑する──小説の楽しみ』（岩波書店，2014 年）など。編著には，『生の深みを覗く』（2010 年），『この愛のゆくえ』（2011 年，いずれも岩波文庫）などがある。

装幀——宗利淳一

ブラック・ノート抄

2022 年 7 月 1 日第 1 版第 1 刷印刷　2022 年 7 月 15 日第 1 版第 1 刷発行

著者————中村邦生

発行者————鈴木宏

発行所————株式会社水声社

　　　　　　東京都文京区小石川 2-7-5　郵便番号 112-0002

　　　　　　電話 03-3818-6040　fax 03-3818-2437

　　　　　　[編集部] 横浜市港北区新吉田東 1-77-17　郵便番号 223-0058

　　　　　　電話 045-717-5356　fax 045-717-5357

　　　　　　郵便振替 00180-4-654100

　　　　　　URL http://www.suiseisha.net

印刷・製本——ディグ

ISBN978-4-8010-0642-3

水声文庫

映画美学入門　淺沼圭司　4000 円
制作について　淺沼圭司　4500 円
宮澤賢治の「序」を読む　淺沼圭司　2800 円
昭和あるいは戯れるイメージ　淺沼圭司　2800 円
物語るイメージ　淺沼圭司　3500 円
物語と日常　淺沼圭司　2500 円
平成ボーダー文化論　阿部嘉昭　4500 円
幽霊の真理　荒川修作・小林康夫　3000 円
『悪の華』を読む　安藤元雄　2800 円
フランク・オハラ　飯野友幸　2500 円
映像アートの原点　1960 年代　飯村隆彦　2500 円
バルザック詳説　柏木隆雄　4000 円
ヒップホップ・クロニクル　金澤智　2500 円
アメリカ映画とカラーライン　金澤智　2800 円
三木竹二　木村妙子　4000 円
ロラン・バルト　桑田光平　2500 円
危機の時代のポリフォニー　桑野隆　3000 円
小説の楽しみ　小島信夫　1500 円
書簡文学論　小島信夫　1800 円
演劇の一場面　小島信夫　2000 円
クリスチャンにささやく　小林康夫　2500 円
《人間》への過激な問いかけ　小林康夫　3000 円
死の秘密，《希望》の火　小林康夫　3800 円
零度のシュルレアリスム　齊藤哲也　2500 円
実在への殺到　清水高志　2500 円
マラルメの〈書物〉　清水徹　2000 円
美術・神話・総合芸術　白川昌生　2800 円
美術館・動物園・精神科施設　白川昌生　2800 円
西洋美術史を解体する　白川昌生　1800 円